KB063385

환생한
대마법사의
정주행

환생한 대마법사의 정주행 2

2020년 12월 1일 초판 1쇄 인쇄
2020년 12월 4일 초판 1쇄 발행

지은이 서상현
발행인 이종주

총괄 김정수
경영지원 배진경 임혜솔 송지유

기획 이기헌 왕소현 박경무 강민구
책임 편집 이정규

발행처 (주)로크미디어
출판등록 2003년 3월 24일
주소 서울시 마포구 성암로 330 DMC첨단산업센터 3층 318호, 319호
Tel (02)3273-5135 **편집** 070-7863-8597 Fax (02)3273-5134
홈페이지 rokmedia.com E-mail rokmedia@empas.com

값 8,000원

ISBN 979-11-354-9262-4 (2권)
ISBN 979-11-354-9260-0 04810 (세트)

서상현 판타지 장편소설

2

환생한 대마법사의 정주행

contents

마법 대련 2

확실하다.

지금 니드는 같은 물 원소사인 비르를 자신의 마법으로 돕는 중이다.

라믹이 구현한 물방울을 아예 통째로 얼리지 않고 표면만 살짝 얼게 만들어 내 불의 장막을 뚫을 수 있도록 해 준 것이다.

겉으론 티가 나지 않으니 현재 대련을 지켜보는 선생이나 학생 들도 이상한 걸 느끼지 못하는 중이다.

'무슨 생각으로 저러는 거지?'

니드는 여전히 나를 보며 입꼬리만 올린 채 웃고 있었다.

그 미소엔 도발, 조롱과 같이 불쾌한 감정들뿐이다.

라믹 가문으로부터 수석으로 졸업할 수 있게 도우라는 청탁이라도 받은 걸까?

어떤 목적인지는 모르겠지만, 니드는 지금 상대를 잘못 골랐다.

"어딜 봐!"

잠시 니드에게 내 시선이 가 있는 사이, 자신감이 넘친 비르는 구현한 물방울을 나를 향해 날렸다.

"더블 캐스터라고 해도 별거 없잖아? 내 물방울도 못 막는 주제에!"

아무래도 반응을 보아하니, 비르는 니드가 도와주고 있다는 걸 모르는 듯했다.

정말 제 마법이라고 착각하고 있다.

'상관없지. 알든, 모르든.'

난 구현한 불 장막에 오른손을 집어넣어 가볍게 움켜쥐었다.

그러자 활활 타오르는 장갑을 착용한 모습이 되었다.

"그런 마법은 본 적이 없는데. 마법을 도구화해?"

비르는 의아해하며 물었다.

"내가 개발한 거거든."

아직 1클래스 학생이니, 마법을 원거리에서만 구현하고 상대를 향해 보내는 줄만 아는, 고정관념에 사로잡힌 시기다.

그리고 내가 굳이 이 마법을 선보인 이유는 니드에게 경고하기 위함이다.

'고작 교수에 지나지 않는 네 마법으로 나를 도발하지 말아라.'라는 뜻이다.

비르는 다시 물방울을 내게 날렸다.

텁!

퍼석!

난 날아오는 물방울을 불 마법 장갑을 착용한 손으로 잡고 그대로 힘을 꾹 줬다.

니드의 마법을 받아 약간의 빙결 성분이 섞인 물방울은 맥없이 깨지며 증발했다.

슬쩍 시선을 옆으로 돌려 니드의 얼굴을 보자, 고개만 천천히 끄덕거리고 있었다.

'정말인지 속을 알 수 없는 교수군.'

비르가 이길 수 있도록 도와주려는 목적이 아니었나?

그런 목적이었다면 내가 물방울을 부순 순간 당황스러운 표정을 지어야 하는데, 오히려 저런 표정이라니.

"이, 이게 뭐야!"

니드는 자신의 물방울이 부서지며 사라지자, 오기라도 생겼는지 남은 두 개의 물방울을 무차별적으로 내게 보냈다.

"교수님."

비르의 물방울이 날아오는 그 순간, 나는 일부러 니드에게 말을 걸었다.

"……뭐죠?"

니드의 집중력을 흩트려 놓기 위함은 아니다.

니드는 최소 7서클 이상의 마법사.

그 경지에 오른 마법사들의 집중력을 방해할 수 있는 건 약물인 환각제 말곤 아무것도 없다.

마법사의 기본 소양인 극한의 상황에서도 정신을 집중하는 것.

이미 그 소양을 통달한 마법사다.

내가 궁금했던 걸 묻기 위함이다.

"불 원소석에 앉았다고 대련 중에도 불 원소만 사용해야 하는 건 아니죠? 전 더블 캐스터니까요."

"그렇긴 합니다만, 그걸 왜 갑자기 묻는 거죠?"

그거면 충분하다.

니드의 물방울이 내 눈앞까지 도달한 그 순간.

나는 비르를 향해 어둠 원소 기초 마법, 다크 스페이스를 구현했다.

비르의 정수리에 생성된 검은 구체에서 갈기처럼 뻗어 나온 그림자는 순식간에 그의 몸을 덮쳤다.

동시에 나를 향하던 비르의 물방울은 목표를 잃어 허공에서 파리처럼, 이리저리 날아다니기만 했다.

그러곤 난 니드를 쳐다보며 입꼬리를 올렸다.

'이러면 넌 비르를 도울 수 없지.'

이미 니드의 마법으로 약간의 빙결 성분이 있는 물방울을 부쉈다.

그것만으로 니드에겐 충분한 경고가 되었을 거라 생각한다.

하지만 니드가 도왔다는 사실은 대련장의 학생, 선생을 제외하고 현재 나만 알고 있다.

그런 상황에서 느닷없이 내가 니드를 공격하면 오히려 나만 난처한 상황에 빠진다.

그래서 내가 생각한 방법이 마법 시전자인 비르의 눈을 멀게 하는 것.

물론, 눈이 멀어도 자신이 마지막에 봤던 상대의 위치를 기억하고 그곳으로 마법을 보낼 순 있다.

하지만 여기는 1클래스.

마법사가 그 정도 컨트롤이 가능하려면 최소 4클래스 이상은 되어야 한다.

그 증거로 비르를 다크 스페이스에 가두자마자 나를 코앞에 두고도 목표를 찾지 못해 비르의 물방울들이 허공에서 서로 부딪치며 날고 있지 않은가?

여기에서 니드가 도와서 비르의 물방울들이 나를 똑바로 향하도록 조절한다면, 그땐 선생들이 이상함을 느낀다.

아무리 가문의 마법사라고 한들, 수준에 맞지 않는 마법을 구현하는 거니까.

이 대련이 수상함으로 점철되기 시작하는 건 결코 니드가 바라는 일이 아닐 거라고 생각하고 실행한 계획이다.

예상대로, 니드는 더는 비르를 돕지 않았다.

아니, 도울 수 없는 거다.

화르륵!

월피스 때와 똑같이 비르를 가둔 다크 스페이스에 불을 붙였다.

그 순간, 2층에 있는 월피스는 불편한 표정을 지었다.

그렇게 약 3초가 지나자, 니드가 입을 열었다.

"비르 학생의 측정기가 터졌습니다. 마법을 그만 거두세요."

그녀의 지시대로 마법을 거두자, 비르는 털썩 쓰러졌다.

정신을 잃은 정도는 아니고, 내 마법의 영향으로 인해 몸에 힘이 들어가지 않을 뿐이었다.

어떻게든 일어나려고 몸을 움찔움찔 떠는 중이다.

"정도가 조금 심하군요, 아르텔 학생."

"글쎄요. 정도가 심한 사람은 따로 있는 것 같은데."

"……."

나와 니드의 신경전으로 가득한 눈싸움이 시작되었다.

먼저 시선을 돌린 건 니드였다.

"물 원소 교사는 뭐 하고 있나? 어서 내려오지 않고."

"네, 네……! 교수님!"

괜히 불똥은 물 원소 교사에게 튀었다.

지금 상황에 '그게 무슨 말이죠?'라고 되물을 필요도 없었고, 설사 묻는다 한들 난처한 건 니드이니 괜히 신경질을 부리며 무마하려는 속셈이 뻔히 보인다.

그렇게 교사가 내려와 비르를 업고 2층 원소석으로 올라가자 나를 쏘아보며 물었다.

"계속할 건가요, 아르텔 학생?"

"네."

말이 끝나기도 무섭게 추첨을 시작했고, 결과는 빛 원소의 러쉘였다.

니드가 얼렁뚱땅 자연스럽게 넘긴 것이다.

추첨된 러쉘은 당당하게 내려와 내 앞에 섰다. 나를 향한 눈빛이 꼭 극악무도한 범죄자를 보는 것 같다.

"시작하세요."

니드의 진행과 동시에 니드는 어떤 마법을 구현하려고 했지만…….

"올라가, 이 자식아."

난 즉시 러쉘의 손에 불을 붙였다.

"앗! 뜨거!"

깜짝 놀라 불이 붙은 손을 허공에 휘휘 저으며 제자리에서 뛰던 러쉘은 그만 불이 붙은 손을 자신의 측정기에 대고 말았다.

펑!

그 순간을 놓치지 않고 불을 터트리자 충격으로 러쉘의 측정기까지 터졌다.

"러쉘 학생, 올라가세요."

"아……?"

워낙 순식간에 일어난 일이라 그는 믿기지 않는다는 표정을 하고 있었다.

하지만 웬일로 승패를 곧장 받아들이고, 축 처진 어깨를 하며 2층으로 올라갔다.

그 뒤로 이어진 대련은 전부 내게 있어서 지루한 시간이었다.

1클래스 학생들과의 대련이라 그런지 다들 기초적인 마법밖에 구현할 줄 몰랐으며, 그마저도 활용 범위가 상당히 좁았다.

특별히 눈여겨볼 학생은 없었다.

만에 하나 재능이 있다고 한들, 아직 그 재능을 제대로 펼칠 수 있는 학생도 없다는 뜻이다.

[점수판]

—불 : 18(18)

그렇게 18연승을 달리던 때였다.

"불 원소는 1위 확정입니다. 아르텔 학생은 그만 올라가세요."

여섯 개의 과목에서 총 세 명의 학생이 나왔고, 내가 전부를 이기자 불 원소는 자연스럽게 1위 확정.

그렇게 난 지시를 받고 2층으로 올라가 느긋하게 다른 학생들의 대련을 감상했다.

"아르텔 학생! 정말 고생 많았어요!"

유독 에버가 기뻐하며 내 머리를 쓰다듬었다.

썩 기분이 좋진 않았지만 어쩌겠나, 난 지금 10대 초반의 학생 모습인데.

그렇게 오랜 시간 후, 제1회 주간 공통 과목 마법 대련의 결과가 나왔다.

점수판은 순위에 따른 오름차순으로 나열되었다.

[점수판]

–불 : 18(18)

–어둠 : 6(4)

–대지 : 5(3)

–바람 : 4(1)

–물 : 3(1)

–빛 : 2(1)

-소환 : 0(0)

"이런……."

하필이면 키에나가 있는 소환 과목이 꼴찌다.

하지만…… 정말 애석하게도 의외의 결과는 아니다.

실제로 소환사는 마법사 중 가장 약하다고 평가받는 부류다.

키에나에겐 미안하지만, 당연한 결과다.

수업 내용엔 본교로 갈 확률이 가장 높다고 들었지만, 이게 현실이다.

솔직히 왜 이런 뻔한 거짓말을 교사가 했는지도 나로서는 의문이다.

결과가 나왔으니, 이렇게 되면 5,000포인트를 헌납해야 한다.

"학생 여러분, 수고 많았습니다. 이로써 주간 공통 수업을 마칩니다."

니드가 제일 먼저 나갔다.

덩달아 다른 과목의 학생들도 자리에서 일어나 담당 교사의 지도에 따라 질서 있게 대련장을 나서기 시작했다.

"흑흑……."

키에나는 그 자리에서 훌쩍거리며 눈물을 찔끔 흘렸다.

벌써 포인트가 빠져나갔나 보다.

니드는 교수실로 들어와, 교수실에 있는 모브를 활성화했다.

이 모브는 각 클래스의 교수, 교감, 교장과 연결된 전용 모브다.

학생용 모브와 달리 휴대할 수 없으며, 오로지 교수실에 있어야만 사용할 수 있다는 차이점이 있었다.

휴대할 수 있는 건 교장, 교감뿐이다.

니드가 모브를 통해 연락을 시도한 사람은 교감 드라코 포머다.

–그래, 니드 교수.

"예, 교감 선생님. 지시하신 대로 아르텔 학생의 마력을 가늠하기 위해 학생을 이용해 봤습니다."

니드가 비르를 도왔던 이유도 윗선의 지시 때문이었다.

비르의 성적을 좋게 만들려는 의도가 아닌, 바로 아르텔의 능력을 가늠하기 위함이었다.

굳이 비르의 차례가 되었을 때 한 이유도 니드와 같은 원소사이기에 들키지 않고 돕는 게 가능해서였다.

–어떻던가?

"믿기지가 않더군요. 아무리 더블 캐스터라지만……."

답하는 순간, 니드는 아르텔이 불의 장막을 손을 집어넣어 장갑으로 활용하며 자신의 마법이 더해진 비르의 물방울을 부수는 장면과 비르를 다크 스페이스에 가두고 자신을 노려봤던 순간을 떠올렸다.

니드는 간파할 수 있었다.

아르텔이 다크 스페이스로 비르를 가뒀던 그 목적을.

시전자를 암흑에 빠트려 비르가 구현한 마법의 목표를 잃게 만들려는, 의도적인 마법이었다는 것을.

그 증거로 그를 가두자마자 자신을 노려보고 웃지 않았던가?

니드는 그 상황을 장황하게 포머에게 설명했다.

—……1클래스가?

당연, 포머도 자신의 귀를 의심했다.

하지만 니드가 직접 보고 당한 것이니 의심할 여지도 없다.

"예, 마법의 지식, 이해도, 활용도. 어느 하나 모자란 게 없습니다. 이 분교의 6클래스 학생도 마법을 그렇게 활용할 생각은 못 할 겁니다. 특히 불의 장막을 장갑으로 활용하던 그 모습은 저도 처음 보는 마법이었습니다."

—이거 참…….

"심지어 제 빙결 마법을 그 장갑으로 깨부수던데요. 아무리 제가 미미한 마력만 넣었다고 한들, 절대 1클래스에게 부서질 마법은 아닙니다."

-잠깐 나 좀 바꾸게.

그러던 중, 모브에서 다른 이의 목소리가 들려왔다.

니드도 익히 알고 있는 목소리였다.

"교장 선생님……?"

-그래, 니드 교수, 나일세. 이미 구현한 장막에 손을 넣어 장갑으로 만들었다고? 심지어 그걸로 자네의 빙결 마법을 부수고?

"그렇습니다."

-주간 대련 과목 중 일어난 일이면, 모든 선생도 봤을 것 같은데. 어둠 원소 담당 월피스 교사도 봤겠군.

"예, 불편한 표정을 짓고 있던데요."

-흐음…….

그 뒤로 모브는 긴 침묵이 이어졌다.

-……조만간 자네에게 중대한 임무 하나를 내릴 것 같아.

한참이나 뜸을 들이던 에타르는 어렵게 말했다.

"기다리고 있겠습니다, 교장 선생님."

-알았네.

움직임들

"흐아앙-! 흐앙!"

교수, 선생, 학생.

모두가 빠져나간 대련장엔 나와 키에나, 헤이, 밴시만 남았다.

그 순간, 키에나는 참았던 울음을 터트렸다.

[키에나]

-잔여 포인트 : -1,400

소환 과목이 주간 대련 꼴찌를 확정 지음에 따라 일종의 벌로 5,000포인트가 차감되었다.

키에나는 나와 똑같이 1클래스 입학 기념으로 교수의 이름으로 지급된 5,000포인트가 전부였다.

모든 시설물에 포인트를 사용한다는 사실을 안 뒤로부터 그렇게 좋아하던 도서관도 가지 않으며 오로지 식당만 이용했던 키에나다.

그래서 현재 마이너스 상태로 우리와 마주하는 중이다.

"키에나! 내가 포인트는 보내 줄 테니까, 그만 울어!"

헤이가 최대한 위로하기 위해 한 말이지만…….

"소용없어. 마이너스 상태가 되면 학생끼리의 포인트 교환이 차단돼. 마이너스에서 벗어나려면 과목에서 성과를 내는 방법밖에 없어."

밴시가 사형선고와 같은 비수를 꽂았다.

그나저나 모브에 또 그런 기능이 있다니.

마이너스 포인트 상태를 비유하자면, 밀실에 갇힌 상태로 물이 턱 끝까지 차오른 것과 똑같다.

내가 눈에 힘을 주며 밴시를 쳐다봤다.

'꼭 그렇게 말을 해야 했냐?'

이 의도를 다분하게 담은 눈빛이다.

'……죄송합니다.'

제 딴에는 그저 알려 주겠다는 생각이었겠지만, 문제는 키에나는 나나 밴시와 달리 한참이나 어린 학생이다.

따라서 밴시의 말뜻을 오해해서 받아들일 가능성이 컸다.

"흑……! 흑!"

그 와중에 키에나는 억지로 울음을 참으며 밴시를 노려봤다.

저거 봐라.

오해하면서 받아들이잖아.

"밥이나 먹으러 가자."

"너나 먹어! 아르텔 덕분에 포인트를 회복한 주제에! 지금 누구 놀리는 거야?"

밴시가 분위기를 애써 바꾸려고 한 말이지만, 오히려 역효과가 났다.

"에휴, 시끄럽고 따라오기나 해."

밴시는 키에나의 목덜미를 잡고 강제로 일어나게 한 뒤, 억지로 끌고 식당으로 향하려 했다.

키에나의 키는 고작 150cm 초반.

그에 비해 밴시는 165cm 정도 되었기에, 키에나에 비하면 월등히 크다.

질질 끌려가는 키에나의 모습이 꼭 철부지 여동생이 잘못을 해, 언니에게 어딘가로 끌려가는 것 같았다.

"갑자기 왜 저래? 밥이나 먹자니. 저녁 시간이긴 해도, 밥 먹을 분위기는 아닌 것 같은데……."

당연, 의도를 알 수 없는 행동을 하는 밴시를 보곤 헤이가 내게 작게 말했다.

나도 같은 생각이긴 하지만…… 적어도 밴시는 250년을 산 성인 마법사가 아닌가?

무슨 이유가 있으니 저런 행동을 보이는 거겠지.

적어도 생각 없이 행동하는 마법사가 아니라는 걸 나는 아니까.

"그냥 따라가 보자."

난 아무 말도 하지 않고 둘의 뒤만 따랐다.

"이거 놔아! 배 안 고프다고! 너나 먹으라고오오!"

키에나는 복도에서도 거위처럼 소리를 꽥꽥 지르며 밴시의 품에서 벗어나려 했다.

그 모습은 꼭 어쩌다 낯선 사람의 품에 안긴 길고양이가 부리나케 발톱을 세우고 발버둥 치며 도망가려는 것과 똑같았다.

"쪼그만 게 뭐가 이렇게 시끄러워? 확 그냥 혓바닥을 태워 버릴 수도 없고."

그렇게 우여곡절 끝에, 우린 식당 앞에 도착했다.

여전히 밴시가 강제로 키에나를 끌고 식당 문을 통과하려는 순간, 활짝 열린 문은 갑자기 내가 마법 대련 때 보인 불의 장막 마법이 구현되며 키에나만 튕겨 냈다.

살상력은 없는 단순한 반사 마법이다.

"깜짝이야!"

"포인트 없이 시설물을 이용하려고 하면 이렇게 돼. 이걸

알려 주려고.”

깜짝 놀란 키에나와 달리, 밴시는 태평하고 온화한 표정으로 식당 안에서 말했다.

‘교육 방식 참 과격하네.’

조금 친절하게 알려 줘도 됐을 것 같은데, 저렇게까지 해야 했을까?

밴시도 키에나를 싫어하는 것 같은 착각이 들 정도다.

그러곤 밴시는 혼자 식당 안으로 들어갔다.

“흐아아앙-!”

키에나는 설움이 더욱 가중되어, 서글픈 울음을 쏟아 냈다.

식당 안으로 깊숙이 들어간 밴시는 얼마 지나지 않아, 접시 두 개에 음식을 가득 담은 채 나왔다.

그간 우린 평소 밥도 같이 먹어서 밴시가 선호하는 음식을 난 안다.

그런데 지금 접시에 담긴 음식들은 전부 밴시가 즐겨 먹던 것들이 아니었다.

전부 키에나가 즐겨 먹던 음식들이었다.

밴시는 키에나에게 그 접시들을 건넸다.

“……뭐야?”

키에나는 잔뜩 경계하며 물었지만, 눈동자엔 일말의 기대감과 설렘 같은 감정이 담긴 게 보였다.

“앞으로 이런 식으로 먹으면 돼. 밥을 꼭 식당에서 먹으라는 교칙은 없으니까.”

“…….”

하지만 키에나는 접시만 지그시 바라볼 뿐, 냉큼 받진 않았다.

아무래도 자존심의 영향 같았다.

게다가 키에나는 밴시에게 먼저 시비를 건 이력도 있지 않았던가?

포인트를 다 뺏긴 마당에 갑자기 좋다고 말하고 다니는 건 얻어먹기 위한 수작이 아니냐고.

그렇다 보니 쉽사리 받지 못하는 것이리라.

아무래도 지금은 내가 나설 때로 보였다.

키에나를 대신해 내가 음식이 담긴 접시를 받아 키에나에게 건네며 말했다.

“밴시가 키에나를 위해 가져온 거네? 포인트를 두 번이나 써 가면서.”

먼저 들어갔다가 나온 다음 이제 다시 들어가야 하니 밴시는 굳이 쓰지 않아도 됐을 포인트를 연속으로 쓴 셈이다.

그것도 전부 키에나를 위해서.

“…….”

둘 다 쑥스럽고 창피한 게 있는지, 말은 하지 않았다.

“키에나, 정원에 가서 기다려. 우리도 얼른 가지고 올게.”

키에나는 머뭇거리다가 어렵게 접시를 건네받았고, 그렇게 1클래스 정원을 향했다.

이제 남은 우리 셋이 다시 식당 안으로 들어갔다.

"언니의 배려심 같은 건가?"

식성이 좋은 헤이는 식당 안에 들어서자마자 우리와 떨어져 먹고 싶은 음식을 담기 시작했다.

나와 밴시만 있고, 주위에 다른 학생도 없어서 편하게 물었다.

사실, 둘의 나이 차이로만 보자면 밴시는 키에나에게 있어 조상님급이지만, 그렇게 어려운 사이보단 가족애가 느껴지는 언니라는 단어가 더 좋아 보여서 고른 거다.

"뭐…… 그런 건 아니지만, 아르키스 님의 친구들 아닙니까? 계속 불편하게 지낼 이유는 없다고 생각합니다."

둘만 남자 그녀는 다시 존댓말로 돌아왔다.

"마음에 드는 답이네."

이 일을 계기로 키에나도 밴시와 더 가까워졌으면 좋겠다고 생각했다.

밴시도 내색은 안 했지만, 은근히 그걸 바라고 한 행동 같았으니까.

그렇게 우린 정원의 나무 그늘 밑에 자리를 잡았다.

복도를 지나다니며 보기만 했던 곳인데, 이렇게 나와서 밥을 먹긴 처음이다.

'0클래스 나무보다 조금 더 큰 것 같네.'

1클래스에도 0클래스와 똑같이 정원이 존재했지만, 나무의 크기는 조금 달랐다.

조금 더 높고, 나뭇가지가 더 우거져 그늘에 있으면 하늘이 아예 보이지 않을 정도다.

"내가 소환 과목에서 1등을 할 수 있을까……. 선생님이 과제를 자주 내주시는 것도 아니고, 다른 학생들은 나보다 더 똑똑하고 뛰어난 것 같은데……."

식사를 거의 마칠 때쯤, 다시 우울한 감정에 빠진 키에나가 옹알이하듯 말했다.

착잡한 마음에서 나온 소리이니 나도 충분히 그 심정을 이해할 수 있었다.

"내가 도와줄까?"

그런데 뜬금없게도 밴시가 먼저 따뜻하게 말을 건넸다.

원소사인 밴시가 어떻게 소환사인 키에나를 도와주겠다는 거지?

대마법사인 나도 그저 지켜보는 게 다인데……?

"너 원소사잖아? 어떻게 도와줘?"

헤이도 나와 똑같은 의문을 품고 물었다.

"맞아. 그래서 소환 마법을 알려 주는 것같이 직접적으로 도와줄 순 없지만, 적어도 도움이 될 수 있는 방법은 알아. 어때?"

"……그게 정말이야?"

키에나는 이제 밴시에게 사나운 눈빛을 보이지 않았다.

정말 든든한 친언니가 생긴 것처럼 순수하고 온화한 눈빛이다.

게다가 지금 상황이 절망적인 키에나에겐 밴시의 말이 한 줄기의 희망으로 다가오는 것이었다.

지금 키에나에게 가장 중요한 건 오로지 마이너스 상태인 포인트를 회복하는 것뿐이다.

"내가 이런 상황에 너한테 거짓말을 하겠어?"

밴시는 답하며 슬쩍 내 눈치를 봤다.

그 눈빛은 '네가 좋아서가 아니라 아르키스 님의 친구니까 내가 이 정도는 해 줄 수 있다.'라는 의미를 품고 있었다.

그래도 다행이다.

나도 키에나의 보유 포인트를 상위 5위로 어떻게 끌어올릴지 아무런 계획도 잡지 못한 상태에서, 밴시가 나서 주니.

"……어떻게 하면 되는데?"

키에나도 이제 관심을 보이며 물었다.

"일단 내일 나랑 같이 밑의 세계로 가자. 내가 아는 곳에 유용한 소환 마법서가 있어."

"책은…… 도서관에도 많은데?"

"도서관에 없는 책이니까 그러지. 그렇다고 금서는 아니야. 단순히 오래된 서적이라 학교에 없을 뿐이야."

"그래……?"

"그런데 외출? 그런 게 있어?"

다시 헤이가 물었다.

헤이가 저런 질문을 하는 건, 0클래스에서는 외출을 하는 학생을 본 적도, 직접 한 적도 없다는 뜻이다.

"1클래스부턴 방학을 제외하고 모든 시설물 이용에 포인트가 필요하잖아. 그건 수업이 없는 주말에도 마찬가지야."

바로 그게 0클래스에는 없던 외출 제도가 1클래스부터 있는 이유였다.

학기 중에 포인트 상태가 위태로운 학생이라면, 언제든 이 외출 제도를 이용해 주말에라도 포인트 사용을 없앨 수 있다.

그 몇백 포인트 차로 충분히 포인트 순위가 갈릴 터이니 학생들에게는 승격을 위한 일말의 희망을 걸 수 있는 유용한 제도라고 생각한 순간이었다. 밴시의 말이 들렸다.

"외출은 무조건 1박 2일. 금요일 밤에 나가서 지정된 시간 안에 학교로 복귀하면 돼. 그렇다고 주마다 나갈 수 있는 건 아니야. 학기 중에 두 번밖에 못 나가."

그럼 그렇지.

이 시대의 학교는 학생을 어떻게든 퇴학시키려고 안달이었지.

"지금 바로 신청하면 될 것 같은데?"

"어떻게 하는데?"

"네, 모브로 담당 교사에게 신청서를 보내면 돼. 일단 모브부터 꺼내 봐."

그 말을 들은 키에나는 즉시 모브를 활성화했다. 그러자 밴시는 옆에 딱 붙어서 신청하는 방법을 설명했다.

절차는 간단했다.

모브에 저장된 외출 신청서를 불러내어 작성한 다음 담당 교사에게 보내 승인을 받으면 된다.

하지만 이런 기능 역시 스승님이 이 모브를 개발할 당시에는 생각한 적도 없는 기능이었기에, 원래부터 존재하던 것이 아니었다.

'확실해. 모브는 조작되었다.'

그렇다면 누구의 주도로 조작되었는지가 내가 가장 신경 쓸 부분이다.

"어? 바로 선생님한테 답장 왔어. 10시까지 정문으로 오면 된다는데?"

아무래도 1클래스의 정문에 밑의 세계로 향하는 포털이 있는 것 같았다.

"이따 나랑 맞춰서 가자."

그렇게 밴시는 키에나의 빈 접시를 챙기며 식기를 반납하기 위해 식당으로 향하려 했다.

"헤이, 네 것도 내가 가져다 놓을게. 이리 줘."

"응? 그래? 고마워."

일부러 밴시와 둘이 있기 위해 한 행동이다.

그렇게 식당을 향하는 짧은 길에 나는 밴시에게 물었다.

"무슨 책을 보여 주려고? 학교에는 없는데 금서는 아니고, 단순히 오래된 책이 도대체 뭔지 나도 모르겠는데."

내가 제일 궁금했던 부분이다.

"몰락한 에밋 가문의 도서관에 있던 책들입니다. 에밋 가문은 책을 수집하는 걸 좋아하지 않았습니까?"

"확실히…… 그랬지. 그런데 에밋 가문은 전부 불에 탔다며? 본가에 있는 도서관이 멀쩡하다고? 그 안의 책까지도?"

"그건……."

내 질문에 그녀는 잠시 뜸을 들였다.

"도서관은 멀쩡하게 남아 있었습니다. 본가는 한 줌의 재로 변했는데 말이죠."

밴시의 입에서 나온 답은 너무 의외였다.

에밋 가문 일가가 몰살당할 정도로 작정하고 시행한 학살인데 도서관만 멀쩡했다?

물론 난 그 당시를 겪지 않았기 때문에 상황은 잘 모르지만, 적어도 타일런트가 그렇게 느슨하게 움직이는 녀석은 아니다.

전생의 내게 일부러 착실한 모습을 보이며, 꼭대기에서 내

가 사일러드를 가둔 봉인석을 지키고 있을 때도 내가 좋아하는 차만 골라서 올려 보냈던 녀석이다.

그 정도로 자신이 세운 계획을 빈틈없이 실행하는 녀석인데 에밋 가문의 도서관은 그대로라는 게 납득할 수 없었다.

"그럼, 에밋 가문의 도서관이 아직도 그대로 남아 있다는 뜻인가?"

"도서관이라는 시설은 그대로 남아 있지만, 책은 상당수가 사라졌습니다. 제가 소량만 겨우 건져서 따로 밑의 세계에 있는 비밀 장소에 보관 중이고요."

짧은 대화를 주고받던 사이, 그만 식당에 도착하고 말았다.

일단 식기를 반납하고, 밴시가 먼저 정원으로 향하려 할 때 내가 말했다.

"어차피 10시까지 시간은 있으니까. 내가 키에나한테는 기숙사에서 쉬고 있으라고 할게. 넌 나랑 그 얘기를 마저 하자."

"알겠습니다."

⁂

내일이면 주말이라서 그런지, 학생들이 여기저기 다양하게 포진되어 있었다.

밴시와 나머지 얘기를 이어 가기 위해 적당한 장소를 찾았지만, 끝내 찾지 못한 나는 결국 내 기숙사를 선택했다.

밴시는 침대에 앉으라고 말한 난 의자를 돌려 그녀와 마주보며 앉았다.

"어떤 것이 궁금하신 겁니까?"

"도서관만은 멀쩡하다는 걸 알고 있다는 건, 네가 그런 일을 당하고도 다시 에밋 가문의 본가로 향했다는 뜻이잖아."

밴시에겐 괴로운 기억이겠지만, 난 중요하다고 판단해 물었다.

역시, 내 예상과 똑같이 표정이 마냥 밝지만은 않다.

"그렇습니다. 혹시 저 말고도 다른 생존자가 있을까 싶어서 몰래 찾아간 겁니다."

"에드 가문이 경비라도 서고 있으면 어쩌려고 그런 무모한 짓을……?"

"제 가문이니, 비밀 통로는 전부 알고 있었습니다."

그 당시엔 상당히 어렸을 터인데, 정말 용감한 행동을 했다.

"하지만 생존자는 없었고, 전 바로 도서관을 찾았습니다."

"이유는?"

"제 가문을 몰락시킨 에드 가문에게 복수를 실행하기 위해 강력한 마법을 터득해야 했으니까요."

"에밋 가문의 도서관에 내 스승님의 책도 있었고?"

"그렇습니다."

그 책 외에도 지금 시대 기준으로 고대 서적 중에는 유용한 서적들이 많다.

밴시가 누군가의 지도 없이 6서클 마법을 구현할 수 있는 것은 바로 그 고대 서적들이 큰 도움이 됐기 때문이다.

"그런데 그 당시 가문의 도서관엔 특정 부류의 책만 사라진 상태였습니다."

"어떤 책이었는데?"

"약학 서적이었습니다. 꼭 제 가문을 몰락시킨 이유가 그 책을 습득하기 위한 것처럼요."

이건 또 무슨 의미일까?

에밋 가문의 몰락을 계획했을 타일런트도 약학에 깊은 지식이 있긴 했다.

그런데 그 녀석이 에밋 가문이 가진 서적을 탐낼 정도였던 걸까?

"사라진 서적이 어떤 건데? 금기의 마법과 같이 금기의 약학이나 존재 자체도 잘 알려지지 않은 그런 귀한 서적들인가?"

"그건 저도 모릅니다. 그 넓은 도서관에 어떤 책이 있는지 전부 알 수 없었으니까요. 가주님만이 알았습니다."

하지만 이미 그는 죽었다.

따라서 확답을 얻을 수 있는 사람은 없었다.

“그렇게 저는 급하게 필요한 책만 빼 왔고, 그 뒤로 방치된 가문의 도서관 책들은 서서히 사라졌습니다. 아마도 장사꾼 평민들이 값비쌀 것으로 예상해 훔쳐 간 것 같았습니다.”

‘충분히 그럴 수 있지.’

평민에게 있어, 검술서나 마법서는 보물과 같이 여겨졌으니, 도굴꾼처럼 너도나도 앞다투어 가져갔을 것이다.

“그렇다면 네가 빼 온 책 중에도 소환 마법서가 있으니 그걸 키에나에게 보여 주겠다는 거지?”

“그렇습니다.”

확실히 그거라면 키에나의 향방은 앞으로 걱정하지 않아도 될 것 같았다.

그때 밴시의 모브가 시끄럽게 울려 댔다.

“누구야?”

“……키에나입니다.”

아직 시간이 많이 남았는데도 벌써부터 연락을 취하는 건 빨리 공부하고 싶은 마음 때문이리라.

“그래, 너도 이제 준비해야겠네. 일단은 알았어.”

나는 먼저 일어나 방문을 열어 줬다.

밴시는 나가기 전에 내게 고개를 꾸벅 숙이며 예의를 갖췄다.

그녀가 나가기 전, 나는 한 가지를 단단히 일렀다.

“참, 밴시.”

"네, 아르키스 님."

"내가 조만간 밤에 느닷없이 네게 모브로 연락해서 이상한 소리를 해도 넌 그냥 맞장구만 쳐."

밴시는 무슨 소리인지 이해한 모습은 아니지만, 당당한 표정으로 '알겠습니다.'라고만 답했다.

그저 날 믿는다는 표시다.

그렇게 그녀는 내 기숙사를 떠나갔다.

"에밋 가문이 보유한 약학 서적만 없어졌다라……."

이것도 나나 꼭대기에 있는 사일러드와 연관이 있는 일일까?

머리만 복잡해졌다.

1클래스의 교수 니드와의 연락을 끊은 에타르는 숨을 크게 내쉬었다.

워낙 콧김 소리가 커, 교장실에 일순간 폐가에 부는 음산한 바람 같은 소리가 울렸다.

쿠구궁!

동시에 변한 교장실 밖의 풍경.

교감 포머는 저도 모르게 시선이 창밖으로 향했다.

절벽 위에 교장실만이 위태롭게 떠 있는 배경으로, 절벽

아래 깊은 곳은 용암이 파도처럼 철렁이고 있었다.
에타르의 불편한 심기를 나타내는 배경이다.
"포머 교감."
"예, 교장 선생님."
침묵 속에 에타르의 입이 열리자 덩달아 포머는 잔뜩 긴장하며 답했다.
"일단 1클래스의 학생 능력 평가를 전면 수정해."
"어떤 목적인지 여쭤도 되겠습니까?"
"1클래스의 아르텔을 퇴학시키기 위한 목적."
"하지만…… 교장 선생님께서 그렇게 기대하던 학생인데, 퇴학은 너무 과한 조치가 아닐까요?"
"그렇기 때문에 퇴학 결정을 내린 거야. 이대로 놔두면 아르텔 그 학생이 위험해."
포머는 그의 말뜻을 제대로 이해하지 못하는 중이었다.
"50년 전부터 내가 고의적으로 학생들을 퇴학시키면서까지 왜 본교로 보내지 않았는지, 자네는 잘 알고 있지 않은가?"
"네……."
"51년 전, 마지막으로 본교로 간 열세 명의 졸업생들. 그들과 지금 연락이나 되나? 어디에서 뭘 하고 지내는지는 알고?"
이번 질문에도 포머는 고개를 저었다.

여태껏 에드 분교에서 본교로 보낸 학생은 전부 평민 출신의 학생들.

그러나 다른 분교에서 간 학생 중에서도 평민 출신들만 연락이 두절되었고, 의문사가 유독 많았다.

평민 마법사만 실종, 의문사라는 것에 대해 의문을 품은 에타르는 곧장 조사에 나섰다.

왜 학생들이 사라진 걸까?

학교에서 의문사를 당할 일이 뭐가 있고?

도대체 무슨 일이 있었던 걸까?

그리고 실체를 그제야 알 수 있었다.

본교는 한번 발을 들이면 절대 살아 돌아올 수 없는 개미지옥과 같은 그런 곳이었다.

평민 마법사만 골라서 가축을 도살하듯 하는 곳이었던 것이다.

에타르는 약 100년 전, 본교로 간 자신의 학생이 갑자기 연락 두절, 행방불명이 된 것을 수상하게 여겨 따로 조사를 한 결과 뒤늦게 타일런트의 비윤리적인 행동을 알아냈다.

현 대마법사인 드라코 타일런트는 재능 있는 학생들을 일종의 '재료'로 삼는 것이다.

어둠 원소엔 다른 원소와 달리 금기 마법이 있다.

정식 명칭은 '흑마법', 통칭 '멸종해야 할 마법'.

'드레인 스펠(Drain Spell)'이라고 있다.

효과는 마법사의 영혼을 강제로 빼내, 지정한 사물에 가두는 마법이다.

타일런트는 본교 학생에게 그런 금기의 마법을 사용해, 학생의 영혼을 추출, 그것을 따로 제작한 약물에 녹여 넣는다.

그러곤 자신이 마셔, 마력을 증강시키고 있었다.

차를 마시는 것처럼 아주 간단한 행위 하나만으로 힘든 수련 없이 마력을 극대화하는 것이다.

"학생들을 살리기 위해 50년 전부터 고의적으로 퇴학을 시켰지. 분교에서 졸업을 하지 못하면, 본교로 입학할 수 없으니까. 그걸 역이용하기 위함이었어."

분교의 졸업생 중 엘리트만 선발하여 본교로 보낼 것.

드라코 타일런트가 세운 규칙이었다.

충격적인 사실을 알고 난 후, 에타르는 소중한 학생들을 어떻게 지킬지를 고민했다.

그로부터 50년이 지난, 지금으로부터 50년 전부턴 모든 계획을 완성하고 단 한 명의 졸업자도 탄생시키지 않았으며 본교로 가는 학생도 없게 되었다.

계획을 고민하던 그 50년이 에타르에겐 스승 아르키스 에이머의 죽음을 지켜보던 것과 똑같은 괴로운 나날이었다.

졸업생들은 잔뜩 기대를 안고 본교로 향했지만…… 실제로 그곳에서 학생들을 기다리고 있는 건 검은 죽음뿐이었으니까.

“하지만 교장 선생님께선 아르텔 학생이 새로운 마법사의 지도자가 될지도 모른다는 기대를 걸지 않으셨습니까? 그런 학생의 퇴학을 계획하는 건…… 오히려 우리나 아르텔이 위험하지 않겠습니까?”

“아니, 이대로 놔두면 아르텔은 대마법사의 친위대에게 무조건 죽는다. 이게 그를 살리는 길이야. 나아가 우리 모두 살고.”

에타르가 니드에게 아르텔의 능력을 듣고 나서, 든 확신이다.

성장만 무사히 마친다면, 자신도 어떻게 할 수 없는 드라코 타일런트를 몰아내고 새로운 마법사의 지도자가 될 수 있을 것이라는 확신.

“하지만 그 학생의 능력은 너무 거대해. 이 학교의 주인은 나지만, 동시에 적도 많아. 특히 모든 클래스의 어둠 원소 담당 교사는 전부 드라코 가문의 마법사들이잖나.”

하필이면 아르텔은 더블 캐스터이고 다루는 원소가 불과 어둠.

드라코 가문의 마법사들에게 수업을 받아야 하니, 수업 과정에서 분명히 드라코 일원들에게 자신의 재능을 여과 없이 보여 주게 된다.

그렇게 되면 아무리 에타르가 교장이라고 한들, 그의 안전과 보안을 책임져 줄 수 없었다.

에타르는 그런 이유를 들며 설명을 이었다.

"차라리 밑의 세계로 보내고, 그곳에서 따로 접촉해 수련시키는 게 방법이라고 생각한다."

밑의 세계에는 검사 가문도 있어, 제아무리 대마법사를 배출한 가문이라고 한들 멋대로 행동할 수 없다.

그것은 마법 사회의 대마법사, 검사 사회의 대검사도 절대 깰 수 없는 규율과 같은 것이다.

"하지만…… 옛 에밋 가문이 당한 일을 생각하면, 무조건 안전한 것도 아니지 않습니까?"

포머는 밑의 세계에 있던 에밋 가문의 본가가 몰살당한 사건을 콕 짚었다.

일순간 에타르의 얼굴이 어두워지면서, 다시 요란한 소리와 함께 창밖의 배경이 바뀌었다.

"……죄송합니다."

"아니야. 그리고 그때와는 상황이 달라. 그러니까 아르텔을 퇴학시킬 방안을 마련해. 포머, 난 이게 올바른 선택이라고 믿는다."

그리고 에타르는 포머와 눈을 지그시 맞췄다.

"그렇지만……."

여전히 포머는 소극적인 태도를 유지하던 중이었다.

"루트, 부탁하마. 네 아비로서."

"……."

에드 분교 교감 드라코 포머.

하지만 그것은 가명이고 본래 그의 이름은 루트, 가문은 에타르다.

그가 갓난아기였을 때, 에타르가 의도적으로 드라코 가문의 양자로 집어넣기 위해 아들을 드라코 가문 근처에 버렸다.

드라코 가문을 감시할 첩자로 삼고, 후에 자신의 학교 교감으로 불러올 계획 때문이었다.

전부 철저한 계획을 가지고 실행한 일이다.

포머가 드라코 가문에서 자라면서 변할 수도 있기에 버리기 전엔 세뇌용 약물을 주입했다.

환각제와 비슷한 원리인데, 해독제를 먹기 전까진 에타르가 경험한 아르키스 에이머의 죽음을 꿈을 통해 반복해서 보게 된다.

에타르의 책사들 중에 약학에 능통한 자가 있기에 가능했던 계획이었다.

그렇게 포머는 계획대로 에타르에게 돌아왔다.

이는 윤리적으로는 어긋날 수 있으나, 에타르는 후대의 마법사를 위한 일이라고 생각해 실행한 일이었다.

그리고 바로 이 루트(포머)를 성인까지 성장시키고, 자신의 학교에 교감직으로 불러오는 데 50년이라는 시간이 걸린 것이다.

이것이 유년과 성장기를 드라코 가문에서 보낸 그가 에타르의 아들임에도 불 원소가 아닌 어둠 원소를 가지게 된 배경이다.

본래 원소라는 것은 태생보단 주위 환경에 많이 영향을 받으니까.

에타르의 말을 들은 포머의 표정은 비장하게 변했다.

에타르는 포머와 마찬가지로 부자 관계임을 숨기기 위해 아버지, 아들이라는 호칭을 삼가고 교장, 교감이라는 호칭과 딱딱한 언사만을 사용해 왔다.

그런 그의 입에서 자신의 본명과 '아비로서'라는 말이 나온 것은 확신에 입각한 정확한 선택이라는 뜻이다.

"예, 아버지."

그 마음을 잘 아는 포머는 또박또박한 발음으로 답했다.

"바로 구상해 보겠습니다."

"기다리고 있으마."

비밀의 방

키에나는 어젯밤, 밴시와 함께 밑의 세계로 갔다.

오늘은 토요일 아침.

공식 수업 일정은 없는 날이기에 학생들은 한가로이 휴식을 만끽하던 중, 내 기숙사로 헤이가 찾아왔다.

"도서관에 같이 가자! 아르텔!"

"도서관?"

조금 의외의 단어가 헤이의 입에서 나왔기에, 난 의아한 표정으로 물었다.

도서관과 식당, 둘 중 하나만 출입할 수 있다면 무조건 식당을 선택할 헤이가 오늘은 자진해서 도서관에 가자고 나선 이유가 문득 궁금해졌다.

"응! 나도 열심히 공부하고 싶어졌어!"

"너 원래 공부 싫어했잖아. 그런데 갑자기 왜?"

"이거."

헤이는 모브를 현상화해 잔여 포인트를 내게 보여 줬다.

[헤이]

–잔여 포인트 : 165,400

[지급 내역]

–입학 기념 : 5,000(니드)

–주간 대련 과목 1위 : 162,000

[사용 내역]

–식당 : 1,600

어제 대련 과목 1위를 하고 받은 포인트가 역시 상당히 많다.

"어제 네 대련을 보며 많이 느꼈어."

"뭘?"

"내가 이렇게 많은 포인트를 받은 건 아르텔 네 덕분이잖아. 난 구경만 했는데. 그리고……."

"그리고?"

"그냥 갑자기 그런 생각도 들었어. '네가 나중에 불 원소석이 아닌 어둠 원소석에 앉으면 난 이런 포인트를 못 받겠지?'

라는 생각."

무슨 걱정을 그렇게 많이 했는지 알 것 같다.

어제의 대련 결과로 웃는 과목은 여럿이지만, 우는 과목은 딱 하나였다.

그것이 공교롭게도 키에나가 있는 소환 과목이었기에 더 와닿은 듯했다.

그런데 내가 어둠 원소석에 앉을 수 있다는 생각은 왜 한 걸까?

"그럴 일은 없는데. 난 어둠 원소는 별로야. 수업도 재미없고 선생님도 나랑은 안 맞는 것 같아서."

나는 일부러 그 부분을 확실하게 짚고 넘어갔다.

단순히 안심시키려는 생각이 아니라 확고한 다짐이기 때문이다.

"그래도 혹시 모르잖아. 아무튼! 어차피 네 덕에 포인트도 많이 받아서 여유도 있으니 같이 도서관에나 가자고."

"나랑 같이?"

"응, 아르텔 네가 어떻게 공부했는지 궁금해. 솔직히 0클래스 땐 맨날 잠만 자던 동생 같던 녀석이 더블 캐스터인 것도 모자라서 1클래스 수석이 됐잖아!"

어제의 대련 결과로 불 원소 담당 교사인 에버가 내게 '수석'이라고 불렀다.

이 학교에서 사용하는 수석의 의미는 한 과목이 아닌 클래스 전체를 통틀어 가장 뛰어난 한 명의 학생이다.

그들은 날 더블 캐스터로 알고 있고, 어제도 내 활약으로 불 원소가 18연승으로 1위를 일찍이 확정 지었으니 그 누구도 부정하지 않았다.

"그래서 뭐, 나한테 공부 비법 같은 거라도 알려 달라는 거야?"

"응, 그걸 따라 하면 나도 금방 수업에 적응하지 않을까?"

헤이는 불 원소 학생 중 유일하게 수업 진도를 따라가지 못하는 학생이다.

새로운 마법을 배울 때도, 좀처럼 제대로 구현하지 못하거나 이미 터득한 마법도 첫 구현에는 실패하는 등등의 모습을 보였다.

그럴 때마다 내가 옆에서 슬쩍 지도를 해야 겨우 미미하게 구현할 수 있는 정도였다.

그런 무능한 자신을 버리고자 오늘 확실하게 마음을 다잡은 듯했다.

"그래, 일단 같이 가자."

하지만 내게 공부의 비법이라는 게 어디 있을까?

난 그저 전생에 대마법사였고, 플레우드 원소사였기에 원소 마법 전부를 알고 있을 뿐인데.

마법을 처음 배우는 학생에게 수업에서 배우게 되는 마법을 어두운 길이라고 가정하자.

아무것도 보이지 않는 그 어두운 길에 돌부리가 있을지, 아니면 평탄한 길인지, 울긋불긋한지, 길이와 폭이 얼마나 될지는 누구도 모른다.

그러니 자연스럽게 주춤거리며 걷게 되어 속도가 상당히 느려진다.

반면에 난 이미 걸었던 길이니 어떤 지형을 가진 길인지 잘 알고 있어 앞을 제대로 보지 않고도 뛸 수 있는 것뿐이다.

즉, 내가 현재 수석이라는 말을 듣는 건 전생에 경험으로 얻은 결과들 덕분인 것이다.

따라서 전수할 비법 따윈 없었다.

"흠, 공부 비법 같은 건 나도 잘 모르겠는데. 그래도 같이 도서관에 가 보자. 책을 보면 뭐가 유용할지 알 것 같아."

그래도 함께 올라가기로 마음먹은 친구니, 외면하고 싶진 않았다.

헤이가 쉽게 이해할 수 있는 책.

그런 책을 찾을 순 있을 거라고 생각했다.

1클래스 도서관엔 스승님이 남긴 책이 없지만, 헤이에게 어렵게 느껴지지 않는 책이면 된다.

그렇게 난 헤이와 도서관에 도착한 뒤 도서관 이용료 100 포인트를 지불하고 안으로 들어갔다.

다행히 다른 학생들은 아무도 없었다.

"헤이, 네가 책 제목만 보고 재미있을 것 같다거나 쉬울 것 같다고 느끼는 책만 골라 봐."

지금 중요한 건 헤이에게 맞는 책을 찾는 것.

읽는 사람이 헤이이기 때문에 내 눈으로 봤을 때는 마법서의 내용이 부실할지 몰라도 헤이가 흥미를 붙이면 효과는 좋을 거다.

그러니 공부 비법은 전수할 수 없지만, 맞는 책을 찾게 도와줄 순 있었다.

아니면 이게 공부 비법이 될 수 있을까?

"음……! 의미가 있으니까 네가 그렇게 말하는 거겠지?"

헤이는 내가 하는 사소한 말 전부가 공부의 비법이라고 생각했는지, 곧장 책을 찾아 나섰다.

그렇게 제법 오랜 시간이 흘러, 다섯 권의 책만 골라 책상에 쌓았다.

《내 불은 성냥일까, 모닥불일까?》

《쉽게 상위 마법을 구현하는 법(불 원소)》

《강력한 불 원소가 궁금하다면!》

《마법 구현, 어렵지 않아요!》

《이렇게만 하면 된다. 불 원소편》

하나같이 제목부터 내 표정을 찡그리게 하는 책들이다.

이게 요즘 시대의 책이라니.

어딘가 진중함은 없고 장난기만 가득한 것 같다.

책의 제목만 보고도 어떤 마법사가 집필한 것인지 쉽게 알 수 있었다.

이런 마법서의 공통점은 통상적으로 최대 6서클에서 성장이 멈춘 마법사들이라는 것.

마법의 재능이 없으니, 책을 쓰면서 자신의 이름을 많은 하위 서클 마법사들에게 알려 인지도를 쌓으면 서클을 올릴 수 있지 않을까?

하나같이 그런 기대감에서 쓴 책들뿐이었다.

그렇다 보니 당연히 책 내용은 어린 학생들에게 맞춰, 허황된 내용이 많고 전문성이 떨어졌다.

상위 서클 마법사들의 눈엔 결코 달갑지 않은 책이다.

'하지만 지금 헤이가 관심을 가진 책들이잖아. 내가 보는 게 아니야.'

그것만을 생각하며 나도 책의 내용을 살폈다.

예상외로 유용한 책이라면 이 책만 파도 된다고 말할 수 있는 수준이니까.

하지만…… 역시, 전문성은 하나 느껴지지 않는 설명들만 수두룩하다.

상위 마법 구현을 위해선 그 마법을 직접 눈으로 보는 게 좋다. 상황에 따라 맞아 보는 것도 방법이다.

책에 적힌 문구 중 하나다.

난 그 문구를 보자마자 터져 나오려는 헛웃음을 겨우 참았다.

'하위 클래스 마법사가 상위 서클 마법을 어떻게 볼 수 있겠냐, 이 녀석아.'

가문의 마법사라면 모를까, 평민 출신의 마법사에겐 절대 불가능한 일들만 나열해 놨다.

'정말 이게 헤이에게 도움이 될까?'

책을 간략하게 훑던 중, 오히려 걱정만 가득해졌다.

불 원소에게 있어 서클별로 유명한 마법은 무엇이 있는지, 또 어떤 효과를 지녔고, 어떤 상황에서 사용하는 마법인지.

이런 전문적인 설명 하나 없이 그저 혼자 보는 용도인 일기를 구구절절하게 늘어놓은 것만 같았기 때문이다.

'별수 없네.'

적당한 책을 내가 찾아 주는 게 좋겠다고 생각했다.

나는 적당한 책을 찾기 위해 도서관 이곳저곳을 돌아다녔다.

그러던 중 구석 깊숙한 곳에 본 적 없는 것이 하나 덩그러니 있는 것을 보았다.

"……이상하네, 전엔 분명히 이 자리에 벽난로 같은 건 없었는데."

전에 스승님의 책이 있을까 싶어 도서관 전체를 훑은 적이 있어 기억한다.

심지어 안에 숯으로 변한 작은 장작 몇 개가 있었다.

난 그 장작을 보고 확실히 알 수 있었다.

이 벽난로는 마법으로 만들어진 벽난로이며, 불 원소사의 텔레포트 지정 장소라는 것.

불 원소사는 다루는 원소의 특성에 맞게 텔레포트 마법에 하나의 제약이 있다.

그것을 마법적 용어로 '웨이포인트(Waypoint)'라고 칭한다.

말 그대로 통행로다.

게다가 전엔 안 보이다가 지금 보인 이유는 둘 중 하나다.

누군가가 최근에 다녀갔거나, 최근에 새로 만들어진 웨이포인트라는 것.

1클래스 도서관에 어째서 웨이포인트가 있을까?

텔레포트 마법은 4서클 수준의 이동 마법.

그렇다고 모든 4서클 마법사가 자유롭게 모든 웨이포인트를 넘나들 수 있는 건 아니다.

서클에 따라 이용할 수 있는 웨이포인트의 거리가 늘어나기 때문이다.

막 텔레포트를 익힌 4서클 마법사라면 1서클 도서관에서 2서클 도서관으로 향하는 수준이다.

그렇기에 4서클 마법사는 아니다.

4서클이면 4클래스에 있어야 하는데, 여긴 1클래스니까.

따라서 최소 6서클 이상의 마법사가 이용했다는 결론을 얻을 수 있었다.

'그래도 여기에 웨이포인트가 있다는 건…….'

겉보기엔 하찮은 1클래스의 도서관이지만 뭔가 특별한 것이 있다는 뜻이기도 했다.

난 벽난로 근처에 손을 대고 감지 마법을 약하게 시전하며 벽을 훑었다.

드르르륵.

내 마법에 반응한 벽 한 부분이 옆으로 밀리더니, 지하로 내려가는 계단이 나왔다.

'비밀의 방……?'

통로는 전부 어두워서 계단이 있다는 것만 간신히 보였다.

얼마나 깊게 내려가는 계단인지는 구별할 수 없었다.

그나저나 1클래스 도서관에 왜 비밀 장소가 있을까?

이 학교의 주인인 에타르와 아주 밀접한 관계가 있다고 생각한 나는 아래로 내려가 보기로 했다. 그때였다.

드르륵.

내가 계단에 발을 내민 순간, 문은 자동으로 닫혔고 내 걸음걸이에 맞춰 벽의 횃불이 순차적으로 나타나며 계단을 밝혀 줬다.

"오호."

일부러 소리 내어 말하자 내 목소리가 울리며 메아리치는 것을 보니 정말 지하실이 맞다.

계단은 원형이었고, 지하실은 생각 외로 깊지 않았다.

그렇게 에드 분교 1클래스 도서관의 비밀 장소에 도착하자, 날 맞이한 건 예상외의 광경이었다.

"이건 다 뭐야……?"

❦

키에나는 밴시와 함께 밑의 세계에서의 아침을 맞이했다.

"우와……."

장장 5년 만에 내려온 밑의 세계다.

5년 사이에 그녀가 알고 있던 도시의 상당 부분이 바뀐 풍경을 눈에 담으며 신기해했다.

어젯밤에 내려왔을 땐 불 꺼진 도시였기에 이렇게 많이 바뀌었을 거라곤 예상할 수 없었다.

하지만 밝은 해가 떠 있는 아침에 보니 정말 자신이 이 세계에서 유년기를 보냈던 게 맞나 하는 의문이 들 정도로 평소 그녀가 알던 밑의 세계의 모습이 아니었다.

"아르텔한테 대충 얘기는 들었어. 5년 동안 한 번도 밑의 세계에 온 적은 없다며?"

"응……. 어차피 우린 내려와도 갈 곳이 없으니까."

"나도 고아지만, 그건 좀 슬프네. 난 적어도 갈 곳은 있어서 내려왔는데."

무심한 밴시의 말에 키에나가 당황한 얼굴로 밴시를 쳐다보았다.

"그, 그렇구나. 너도 고아구나……."

"중요한 건 아니니까. 가자. 빨리 가서 도착하는 게 좋거든."

"응."

그렇게 키에나가 밴시의 뒤를 졸졸 쫓으며 도시를 빠져나가려 할 때였다.

키에나는 어느 건물을 보곤 발걸음을 반사적으로 멈추었다.

"왜 그래?"

"……이렇게 보니까 반갑네."

그 건물은 바로 그녀와 아르텔, 헤이가 마법 학교에 입학하기 전까지 살았던 밑의 세계의 보육원이었다.

밴시도 보육원을 확인하고, 눈치껏 무슨 심정인지를 물었다.

"들러 보고 싶어?"

"……응. 저기 선생님들 전부 친절하셨거든. 어떻게 지내시는지도 궁금하고."

"그럼 이따 들르기로 하고 일단은 빨리 움직이자고. 사람들의 눈을 피해야 하니까."

밴시는 서둘러 키에나의 손목을 붙잡고 움직이려 했다.

"왜…… 사람들의 눈을 피해야 해, 우리가 가는 곳이 어디길래?"

'아차…….'

밴시는 밑의 세계에도 있는 에드 가문 본가의 눈을 피한다는 생각에 그만 그대로 말하고 말았다.

하지만 밴시가 과거에 겪었던 일을 알 턱이 없는 키에나는 그저 의문만으로 가득한 눈동자로 밴시를 빤히 쳐다보았다.

"그냥, 내 비밀 장소인데 누구한테 들키기 싫어서. 너한테만 특별히 보여 주는 거야. 내가 좋아하는 아르텔의 친구니까."

밴시는 금방 냉정을 되찾고, 가장 납득이 가는 이유를 대며 설명했다.

아무것도 모르는 키에나에게 자신의 과거를 설명할 순 없었기에 임기응변을 발휘해 어린 학생의 생각에 맞춘 변명을 빠르게 늘어놓을 수 있었다.

굳이 좋아하는 아르텔의 친구라고 말한 것도 그런 이유 때문이었다.

"그래……?"

밴시의 생각대로 키에나는 더는 의문을 품지 않는 눈치였다.

"그럼, 얼른 갈까? 도시 밖 숲에 있거든. 금방이야."

"알았어."

밴시가 먼저 손을 내밀자, 키에나는 그녀의 손을 꼭 잡고 뒤를 따랐다.

그렇게 둘은 무사히 도시를 벗어났고, 밴시의 비밀 장소에 도착했다.

"다 왔어. 여기야."

"……아무것도 없는데?"

키에나는 주위를 둘러봤다.

아무리 눈을 씻고 찾아봐도 '장소'라고 말할 수 있는 게 아무것도 없다.

그저 우거진 수풀과 높게 솟은 나무들.

전형적인 숲의 모습이다.

밴시는 아랑곳하지 않고 유독 높게 솟은 두 나무 앞에 섰다.

그리고 그 사이로 손을 내밀고 아주 간단한 마법을 구현하자, 동굴 입구가 나타났다.

"동굴……?"

키에나는 숲속에 있는 동굴을 보고, 지레 겁먹은 표정을 지으며 물었다.

비밀 '장소'라고 해서 어떤 건물이라고 생각했던 게 오산이다.

"응, 여기야, 내 비밀 장소가."

밴시는 6서클 플레우드 원소사.

대지 원소를 이용해 만든 작은 동굴에 플레우드 원소를 덮어 남들의 눈에 보이지 않도록 한 것이다.

"들어가자."

밴시가 먼저 들어가자, 키에나는 여전히 망설이다가 그녀의 뒤를 겨우 따랐다.

동굴 속은 습하고 더웠다.

그 안엔 3단 책장 하나만 덩그러니 있었고, 책장엔 각종 마법서가 가득했다.

"우와……."

겉으로만 봐도 상당히 낡아서 페이지를 잘못 넘기면 찢어질 것만 같은 책들.

하지만 키에나는 본래 공부에 열정을 가졌던 학생답게 책을 보자 동굴에 대한 거부감이 말끔히 사라진 모습이었다.

《소환서 I》

《소환서 II》

《소환서 III》

고대 서적의 특징 중 하나는 요즘 마법서처럼 제목이 길지 않다는 것, 그리고 저렇게 시리즈로 작성된다는 것이다.

밴시는 책장에서 그 세 권의 책을 꺼내 키에나에게 건네줬다.

"원래는 5권까지 있는 걸로 알아. 근데 내게는 3권까지밖에 없어."

키에나는 곧장 책의 겉면을 살폈다.

"저자가…… 아스트랄? 처음 들어 보는 마법사인데."

"당연하지. 약 600년 전에 활동한 마법사라는 것 같던데. 나도 누군지 정확히 몰라. 몇 서클의 소환사인지도 모르겠고."

"600년?"

이 책의 저자가 몇 서클의 소환사인지는 중요하지 않았다.

그저 차원이 다른 참고서가 생겼다는 것만으로도 기뻤다.

그도 그럴 것이, 600년 전에 활동한 마법사가 쓴 책이라면 단순 마법서가 아니라 박물관에나 있어야 할 유물이기 때문이다.

"그런데 넌 이런 책을 어떻게 가지고 있는 거야?"

"원래 골동품을 모으는 걸 좋아했어. 그러다 책에도 관심을 가지고 모았던 거야."

본래는 에밋 가문 도서관에 있던 책들이지만, 밴시는 뜸도 들이지 않고 곧장 거짓말로 해명했다.

키에나는 책장에 있는 책의 제목을 훑던 중이었다.

"약학서…… 원소 마법서도 모든 원소가 다 있네?"

"응, 그냥 관심이 많아서."

"플레우드 원소? 우와! 나 플레우드 원소서는 처음 봐!"

'그게 당연하지.'

키에나가 태어나고 살아가는 지금 시대엔 플레우드 원소사가 멸종했다고 보는 게 맞다.

그러니 당연, 관련 서적은 하나도 남아 있지 않았다.

다시 키에나의 시선을 빼앗은 책은 바로 알라이즈 페트라의 《입문 길라잡이》다.

키에나는 알라이즈 페트라라는 사람이 누군지 수업에서 들어서 안다.

하지만 적어도 그 사람을 나쁘게 생각하지 않았다.

0클래스에서 아르텔, 헤이와 함께 퇴학당할까 봐 걱정할 때 마법을 찾도록 도와줬던 사람이기 때문이다.

얼굴 한 번 본 적 없지만, 적어도 키에나는 친할아버지가 있다면 그런 느낌이지 않을까 하고 알라이즈 페트라라는 마법사에 대해 생각하게 되었다.

"뭘 그렇게 봐?"

"아, 아니야!"

밴시가 묻자 그녀는 황급히 책에서 시선을 뗐다.

그 책이 금서인 것을 알고 있었기 때문이다.

밴시도 그 책을 가지고 있다는 것이 반가웠지만, 굳이 내색하지 않는 게 좋다고 생각했다.

키에나는 콧노래를 흥얼거리며 《소환서 I》의 책장을 떨리는 마음으로 펼쳤다.

그렇게 책에 집중한 지 오랜 시간이 지나지 않았을 때였다.

"오오~!"

그녀는 단번에 이 책이 특별하다는 걸 알았다.

소환 마법 서클별로 어떤 신물을 소환할 수 있는지, 고유 신수는 또 어떤 종류가 있는지 등등 그간 학교에서 보던 책과는 차원이 달랐다.

게다가 신물의 모습이 사진이 아닌 그림이었다.

연필 선으로 거칠게 그려진 신물의 그림들은 이 책이 고대 서적이라는 것을 다시 한번 상기시켜 주기에 충분했다.

"재미있어?"

"응! 어떻게 소환하면 이런 신물이 나올지 알 것 같아!"

키에나는 금방 자신감이 붙었다.

"그래?"

그 말에 밴시는 키에나를 다시 보게 되었다.

'이상하네, 고대 서적이라서 모르는 용어들도 많을 텐데.'

애초에 이 책은 전문 마법사용이다.

이렇게 어린 학생을 위해 만든 책이 아니기 때문에 내용에 적힌 용어들도 처음 보는 것들이 많을 터.

그런데 그런 책에 흥미를 붙인다는 게 그저 신기할 따름이었다.

"그런데 이 책은 학교에 못 가져가. 여기에서만 보고 놓고 가야 해.”

“그럴 줄 알았으면 필기할 노트라도 가지고 올걸……. 그런 건 미리 말해 주지.”

키에나는 진한 아쉬움을 표출했다.

“그럼 대신 내일까지 여기에서 계속 보고 있어도 돼?”

“아까는 보육원도 가고 싶다며.”

“음…… 거긴 내일 학교로 돌아가기 전에 잠깐 들르면 될 것 같아. 지금의 내게는 이게 더 중요하니까.”

밴시는 잠시 생각하다가, 고개를 끄덕였다.

“그래, 네가 편한 대로 해.”

“고마워!”

키에나는 그렇게 작은 체구로 동굴 벽에 등을 기대고 무릎에 책을 올린 채 모든 정신을 집중했다.

마땅히 할 일이 없는 밴시도 책장에서 플레우드 원소서인 《원소서(플레우드) Ⅰ》을 가지고 키에나 옆에 앉았다.

책을 통해 다시금 기초를 다지고자, 그녀도 공부에 빠져들었다.

“원형…… 도서관?”

도서관에 있는 비밀의 방에 도착하자마자 든 생각이었다.

원형으로 이루어진 방이며 방의 출입구은 총 일곱 개.
내가 나온 문 말고도 여섯 개가 더 있었다.
'이게 무슨 의미일까?'
이 학교는 0클래스부터 6클래스가 있다.
그렇다면 모든 클래스들의 도서관과 이어진 장소가 아닐까?
이런 생각이 들었다.
실험하고 싶었지만, 너무 무모한 행동 같아서 그만뒀다.
"그나저나……."
방의 크기도 상당히 좁아, 성인 남자 네 명 정도가 들어오면 꽉 찰 정도다.
출입구를 제외한 모든 벽엔 책장이 막아서고 있고 그 안엔 책이 가득하다.
심지어 평소에 정리정돈도 잘 안 하고, 급하게 필요한 책만 가지고 가는 용도로 사용하는지 책장에는 빈자리도 제법 많았고, 바닥에도 펼쳐진 상태로 엎어진 책도 꽤 있었다.
그런 너저분한 방의 모습은 평소 발길이 잦지 않다는 뜻이기도 했다.
'갈수록 궁금하네, 이 비밀의 방이 무슨 용도였을지.'
툭.
책장을 향해 다가가던 중, 바닥에 떨어진 책 하나가 발에 챘다.
책의 표지가 보이도록 엎어진 책이었다.

《마력 증강 약물의 종류》

'약학서?'

그 외에도 바닥에 떨어져 있는 책들은 전부 약학을 다루는 책들이다.

'에밋의 도서관에선 약학과 관련된 책만 없어졌다고 했지?'

설마 여기에 이렇게 굴러다니는 책들이 에밋 가문의 도서관에서 사라진 책들이라는 뜻인가?

그렇다고 하기엔 석연찮은 부분들이 너무 많았다.

멀쩡한 가문을 아무 이유도 없이 잿더미로 만들면서까지 가져온 책들인데, 이렇게 휴지 조각처럼 땅바닥에 굴러다니도록 내버려 둘까?

따라서 난 이 책들은 에밋 가문에 있던 책은 아니라고 확신했다.

"그럼 도대체 뭐 하는 방이냐, 여긴?"

일순간 내가 탐정이 된 듯했지만, 분명한 것은 이 학교의 주인은 에타르이니 도서관에 있는 비밀의 방도 에타르가 만들었거나 그렇지 않더라도 아주 밀접한 관련이 있다는 거다.

"얼씨구? 이 책도 있네?"

책장 한구석에 박혀 있는 상당한 두께의 책 제목이 눈에 들어왔다.

《에드 가문 마법서》

"이야…… 옛날 생각나네, 갑자기."

내가 대마법사로 있을 적, 제자였던 에드 에타르에게 가주 자격이 내려진 날이었다.

가주 자격이란, 해당 마법사가 충분한 경지에 올랐으니 자신만의 가문을 만들어도 좋다는 뜻이다.

내 제자 중 가장 늦게 가주 자격을 받았던 탓인지 한껏 기분이 고조된 에타르는 책을 집필하기 시작했다.

내게 받은 지식을 자신의 후손에게도 전해 주고 싶고, 또 그것이 나의 가르침을 받은 제자의 도리라고 생각한다는, 제법 깊이 있는 답변이었다.

"에드 가문이 사용하는 모든 마법이 담긴 책……."

나는 책의 겉면을 쓸어내리며 생각에 잠겼다.

'분명히 이 책을 쓸 때 내가 에타르에게 충고했는데…….'

내가 정확히 어떤 충고를 했지?

나는 기억 깊숙한 곳에 파묻힌 당시의 내 말을 떠올리려 애썼다.

그것은 금방 기억났다.

그것은 바로…….

"이 책을 볼 네 후손들은 어린 입문 마법사들일 거니까 상위 서클에서나 사용하는 전문용어를 사용하지 말고, 무조건 쉽게 써라. 내 스승님처럼."

이 말이었다.
"잠깐, 이거라면 헤이한테도 도움이 될 것 같은데?"
지금 위에서 공부 중인 헤이가 고른 책은 정말 냉정히 판단하자면 쓰레기들이다.
우연히 발견한 비밀의 방에서 어떠한 돌파구를 찾은 듯했다.
그런데 이 책을 가져가면 금방 에타르에게 들키지 않을까 하는 걱정이 들었다.
"흐음…… 같은 책이 여러 권이긴 한데……."
《에드 가문 마법서》는 한 권만 있는 게 아니다.
불특정 다수를 위해 같은 종류의 책을 여러 권 준비하는 도서관처럼 여러 권 있었다.
그리고 결정적으로, 이미 다른 책장에도 빈자리가 많다는 것.
그걸 보고 가져가도 문제는 없다고 판단했다.
난 그렇게 책을 품에 안고 조용히 비밀의 방에서 빠져나갔다.
'일곱 개의 출입구……. 정말 내가 생각하는 것처럼 모든 클래스들의 도서관과 연결된 걸까?'
비밀의 방을 나오면서 든 생각이다.
이건 아마도 2클래스에 올라가면 알게 될 것 같았다.
계단을 타고 올라와 도서관으로 나오자 문은 다시 자동으로 감춰졌다.
드르륵.
그리고 본래 있던 모습대로 벽이 옆으로 밀리며 출입구의 존재를 가려 주었다.
난 위치를 확실히 머리에 각인하고, 헤이에게 갔다.
"아르텔! 어디 갔었어! 갑자기 사라져서 한참이나 찾았잖아."
"아, 미안, 미안. 근데 헤이. 이거 봐 봐. 나 되게 신기한 책 찾았다?"
"……에드 가문 마법서?"
헤이는 깜짝 놀라며 큰 목소리로 책 제목을 그대로 읽었다.
그리고 황급히 자신의 입을 틀어막으며 주위를 살폈다.
책 제목만 보더라도 엄청난 책이라는 걸 알았으니, 혹시라도 주위에 누가 있진 않을까 걱정되어 둘러본 것이다.
다행스럽게도 여전히 우리 말곤 아무도 없었다.
"에드 가문이면…… 교장 선생님의 가문이잖아? 어디에서 찾은 거야?"
"도서관에 비밀의 방이 있더라고. 우연히 찾게 됐는데, 거기에서 가지고 왔어."

추가된 제약

"오오…… 에드 가문의 마법서라니."

헤이는 오히려 정말 가지고 와도 되냐는 식의 소극적인 모습은 보이지 않았다.

정말 마음을 다잡고 공부하려는 생각 때문일 것이다.

"이거 한번 볼까? 우리한테 되게 도움이 될 책 같은데."

그래서 확실하게 하기 위해 슬쩍 떠봤다.

헤이는 목에서 뼈 소리가 나도록 고개를 끄덕이며 힘차게 답했다.

"그러자!"

우리 둘은 혹시 모를 상황을 대비하기 위해 일부러 도서관의 깊은 구석으로 가 책을 펼쳤다.

"1서클에서 가장 강한 마법은 파이어 슈라우드(Fire Shroud)라네? 불 원소를 이용해 장막처럼 구현하고, 상대의 마법을 차단하는 거래. 응? 이거, 아르텔 네가 대련할 때 구현한 마법 아니야?"

내가 일부러 주간 대련에서 불의 장막 마법을 쓴 이유도 그거다.

1클래스라는 신분이 있었기에 상위 서클 마법을 대놓고 구현할 수 없었던 것이다.

하지만 장갑으로 사용하는 건 단순히 내가 더블 캐스터이고, 그저 활용도가 다른 것뿐이니까 서클에 구애받는 행동이 아니다.

"아, 그건 나도 어느 책에서 본 것 같아. 그 마법이 불 원소 1서클에서 가장 강하다는 거."

물론 그 '책'은 내 경험이다.

내가 태연하게 둘러대자 헤이가 무척 궁금한 눈빛으로 물었다.

"그건 어떤 책이었는데?"

"정확히 기억 안 나지. 내가 본 책이 아주 많잖아."

"하긴, 그렇겠다. 키에나도 가끔씩 어떤 내용이 있으면 무슨 책에서 본 건지 헷갈릴 때가 있었으니까."

역시, 0클래스부터 의도적으로 도서관에 가는 걸 자주 보여 준 게 도움이 됐다.

저렇게 쉽게 믿어 주니 말이다.

"오호, 파이어 슈라우드를 구현하는 가장 쉬운 방법은 처음엔 커튼과 같은 큰 물건을 태우며, 타는 모습을 눈에 담는 것이다. 그 모습을 계속 기억하면, 이젠 물건을 태우지 않아도 쉽게 구현될 것이다."

헤이는 책에 있는 내용을 소리 내어 읽었다.

'정말 어린아이들의 눈높이에 맞춰서 쉽게 썼구나.'

나도 읽은 적은 없던 책이다.

내 충고대로 전문적인 용어도 없고 이해하기도 쉬운 설명뿐이다.

'그랬던 녀석인데…… 300년이 지난 지금은 어째서 속을 알 수 없는 타일런트 같은 녀석이 된 거냐, 에타르.'

하지만 씁쓸함도 동반했다.

옛날 생각이 나서 좋긴 했지만, 저 책을 쓸 때의 에타르의 순수함은 이제 없는 것이니까.

"연습하고 싶은데, 기숙사에 있는 커튼을 태우면 퇴학당하겠지?"

복잡한 내 속을 알 리 없는 헤이는 호기심으로 가득 차 물었다.

"아마도. 그냥 종이 같은 걸 이어 붙여서 커튼이랑 비슷한 크기를 만들고 연습하면 되지 않을까?"

"오올? 천잰데?"

그렇게 헤이는 책에 완전히 빠져들었다.

확실히 효과는 있어 보였다.

"이 책, 다른 애들한테 절대 걸리면 안 되겠지? 특히 에버 선생님한테도."

헤이는 이제 걱정스러운 부분을 물었다.

에드 가문 전용 마법서이니, 평민 출신인 우리가 가지고 있다는 것을 알면 불이익을 받을 게 분명하다.

이렇게 헤이와 나 사이엔 또 하나의 공유할 수 있는 비밀이 생기게 되었다.

"당연하지. 그러니까 꼭꼭 숨기고 다니자."

"그래야겠다! 이거 계속 보고 싶어지네."

"네가 가지고 있어. 난 괜찮으니까."

"고마워, 아르텔."

그것을 시작으로 주말 내내 헤이는 기숙사에 틀어박혀 책만 읽었다.

일요일 저녁이 되었을 때, 키에나와 밴시가 밑의 세계에서 돌아왔다.

밑의 세계에서 무슨 일이 있었는지, 밴시는 한껏 수척한 몰골로 내게 인사도 생략하고 기숙사로 들어가 쉬었다.

밴시의 성격이라면 즉시 내게 보고할 터인데 인사조차도 하지 않으니 나는 밑의 세계에서 대체 무슨 일이 있었는지 궁금해졌다.

그때 키에나가 나와 헤이를 자신의 기숙사로 불렀다.

"나 우리가 자랐던 보육원에 갔다 왔어."

"응? 진짜?"

"……."

헤이는 과하게 놀라며 물었다.

하지만 내겐 없는 기억이니 그저 말을 아꼈다.

"응, 원장 선생님이 늘 기다리고 있었는데 왜 오지 않았는지 궁금하다고 했어. 아르텔이랑 헤이도 보고 싶다고, 이번 방학에 내려오면 안 되냐고 물으셨어. 우린 오지 말라고 한 적이 없는데 왜 오지 않았냐며 서운해하셨거든."

"그야 당연히…… 거기 보육원은 아홉 살엔 나가야 했잖아. 보육원에 있을 수 있는 건 여덟 살까진데."

헤이가 시무룩한 표정으로 말했다. 키에나가 고개를 끄덕였다.

"응, 나도 그걸 설명했지. 근데 원장 선생님은 방학 때 잠깐 지내는 건 괜찮다고 했어. 아예 생활하는 게 아니니까."

키에나의 말에 헤이의 얼굴이 밝아졌다.

"아, 그래? 몰랐잖아……. 우린 정말 이제 가면 안 되는 줄 알고 그랬던 건데."

"학교에서도 지낼 수 있다고 말했으니까 더 그런 줄 알았지."

헤이와 키에나는 옛 추억에 젖으며 이런저런 대화를 주고받았다.

여전히 내겐 없는 기억이니 난 잠자코 듣기만 했다.

"그래서 이번 방학 때 다 같이 가는 건 어때?"

"난 좋아!"

"아르텔, 넌? 아까부터 말이 없네."

"어? 어, 그래. 그러자."

나는 기억은 없지만, 알은척을 해야 하니 일단 알았다고만 답했다.

"그나저나 키에나, 밴시가 준 책은 도움이 많이 됐어?"

일부러 화제를 돌리며 묻자, 키에나는 갑자기 가슴과 어깨를 쫙 펴며 두 손으로 자신의 허리를 짚고 당당하게 고개를 끄덕였다.

"자랑할 거 있다! 봐 봐!"

그 좁은 기숙사에서 키에나는 갑자기 소환 마법을 구현하기 시작했다.

히이잉…….

아직 형체가 나타나진 않았지만, 키에나가 구현한 빛 속에선 망아지의 울음소리가 들렸다.

'설마……?'

하지만 울음소리를 듣고 난 금방 눈치챘다.

평범한 망아지가 아니었다. 저 울음소리는 신물인 페가수스의 울음소리와 너무 흡사했다.

"호읍!"

키에나는 빛에 더 집중하며 소환 마법에 온 힘을 쏟았다.

그간 그녀가 소환했던 것들은 신물이 아닌 동물.

그래서 금방 소환할 수 있었는데, 이번엔 시간이 조금 걸렸다.

그건 꽤 긍정적인 현상이다. 그만큼 마력을 최대한 집중하고 있다는 뜻이고, 키에나의 마력을 받고 나오는 소환수는 동물이 아닌 신물의 가능성이 훨씬 높다는 뜻이니까.

내가 소환 마법에 통달한 것은 아니지만, 적어도 소환사가 신물을 소환하기 위해선 몇 서클 정도 되어야 가능한지는 안다.

'3서클부터였던 걸로 기억하는데.'

그렇게 빛은 점점 더 밝게 빛나더니 소환수의 모습을 보여줬다.

"우와! 말에 날개가 달렸어!"

'페가수스…….'

0클래스에서도 스승님의 책을 가지고 곧장 소환사임을 증명했던 키에나.

물론, 이제 막 태어난 페가수스다.

작고, 눈도 제대로 뜨지 못하지만 엄연히 신물은 맞다.

역시 키에나는 이해의 천재였다.

"이게 신물이라는 거래! 내가 그간 소환한 소환수는 그저 동물이고."

"둘의 차이가 뭔데?"

"신물은 3서클 수준이랬어! 그리고 완벽한 소환사가 되었다는 증거고!"

키에나는 주간 대련의 결과로 마이너스 상태였던 자신의 포인트를 보고 우울했던 그 모습이 전부 씻겨 나간 모습이었다.

이대로라면 소환 과목에서의 1등은 자신이라는 걸 확신한 듯했다.

"축하해, 키에나."

"호호호호!"

기쁨을 만끽하는 키에나는 그간 보인 적 없던 요상한 웃음소리를 뱉었다.

그렇게 주말의 마지막 날은 화기애애하게 저물어 갔다.

다음 날 아침.

나는 텅 빈 배 속을 채우기 위해 식당으로 향하고 있었다.

걸음을 옮기던 중 이상한 것을 보았다.

'다들 분위기가 왜 저래?'

특히 복도에 있는 학생들은 각자 모브를 보면서 표정이 제각각이다.

어떤 학생은 그저 의아하게 갸우뚱하는가 하면, 또 어떤 학생은 심각한 표정을 지었다.

공통적으론 침울하다고 보는 게 맞았다.

식당에 들어가기 직전, 누군가 내 어깨를 쿡쿡 찔렀다.

"밴시?"

"모브 확인했어? 갑자기 이상한 게 올라와 있던데."

밴시는 주위에 다른 학생이 많다는 걸 확인하고 반말로 내게 대했다.

"모브?"

"분위기가 조금 이상해."

"일단 배고파. 밥이나 먹으면서 확인하자."

"지금 확인하는 게 좋을걸."

밴시의 표정은 진지했다.

그 진지함 속엔 걱정의 감정도 고스란히 담겨 있었다.

그녀의 말을 따라 나도 곧장 모브를 확인해 봤다.

[공지 사항]

-1클래스 교칙 중, 변경된 교칙들이 있습니다. 학생 여러분은 필히 확인하시고 혼동이 없길 바랍니다.

작성자 : 니드

[교칙 변경 사항]

1. 게시판이 새로 생겼습니다. 이 게시판엔 1클래스의 모든 학생의 보유 포인트 현황이 나옵니다. 게시판은 강당 옆에 있습니다.

갑자기 모든 학생의 보유 포인트 정보를 공개한다는 것에 뒷덜미가 서늘해졌다.

2. 보유 포인트 상위 5명의 학생은 페널티로 모든 시설물 이용료가 열 배가 됩니다.

(대상자 : 아르텔, 헤이, 솔러, 노힐 하페르트, 쿠딘)

상위 5위에서 떨어진다면 포인트 이용 상태는 정상으로 돌아옵니다.

이는 상위권을 특정 학생들이 독점하는 현상을 막기 위한 것입니다.

이 현상으로 인해 중하위권 학생들이 수업의 의지를 잃어, 재량을 펼칠 수 없었던 고질적인 문제가 있었습니다.

"어이가 없는데."

보고 있자니 헛웃음밖에 나오지 않았다.

1클래스부턴 보유 포인트로 승격이 결정된다.

그런데 과한 포인트 소모를 강제해서, 순위 변동이 자주 일어나도록 하겠다는 의도다.

그리고 재능이 특출한 학생이 상위권을 독점하는 건 당연한 현상이다.

하나, 그런 재능을 가진 학생이 과연 해마다 몇이나 나올까?
지금 나나 밴시는 예외지만, 에드 분교 250년 역사 동안 손가락에 꼽을 정도로 나오지 않았을 거다.
'나를 노리고 변경한 교칙으로 보이는데.'
잠잠했던 포머와 에타르가 아무래도 행동을 개시한 것 같았다.

3. 주간 공통 수업인 대련 과목은 이제 월간 공통 수업으로 변경됩니다. 포인트 지급량은 변함없습니다.

포인트를 대량으로 획득할 수 있는 수단 하나가 없어진 것이다.
월 4회짜리 대련이 1회로 줄었는데도 지급량에 변함이 없는 건 정말 생각을 깊게 해야 한다.
앞서 2번 조항으로 인해 상위 다섯 명의 학생에겐 페널티가 적용되고, 열 배의 포인트 이용료를 내야 한다.
상위권 성적을 유지하는 게 장기적으로 봤을 땐 포인트를 고갈시키는 요소이기 때문이다.
앞으로 남은 1클래스의 생활은 1년 가까이.
계속 열 배에 달하는 포인트를 사용하면, 10만이 넘는 내 포인트도 남아나질 않는다.
하루에 세 번 식당을 이용하게 되니, 3,000포인트가 고정으로 소모되기 때문이다.

일주일이면 21,000포인트이니 상당히 타격이 크다.

4. 그간 과목 담당 교사의 재량 평가는 횟수에 제한이 없었습니다. 하지만 가문의 비리, 청탁, 특혜 등의 문제가 있을 거라고 판단하고 교사 재량 평가 또한 월 1회로 제한합니다.

포인트를 얻을 수 있는 수단 전부에 제약을 걸었다.

겉으로는 가문의 횡포를 막겠다는 청렴한 모습이지만, 이것 또한 나를 노리고 변경한 게 분명하다.

생각해 봐라, 250년 동안 아무런 문제없던 교사 재량 평가라는 시스템을 이제야 갑자기 바꾸는 이유를.

정말 문제가 있었다면 진즉에 바꿨을 것이다.

에드 분교 역사 250년 중에 특별한 일이 뭐가 있을까 생각해 보면, 답은 아주 간단하다.

바로 더블 캐스터인 나의 등장 때문이다.

그리고 쐐기를 박는 마지막 조항이 있었다.

5. 겨울방학 시작일 기준, 전날까지 포인트가 마이너스인 학생은 퇴학 조치됩니다.

본래 5년 동안 승격하지 못하거나, 금서를 봤을 때만 내리는 퇴학 조건이 추가된 것이다.

"앞으로 학교생활이 좀 힘들어지겠는데. 그 전에도 그다지 평탄한 건 아니었지만."

"왜 이런 결정을 내린 걸까?"

"뭐, 내가 그렇게 눈엣가시였던 것 같은데. 일단 게시판이 강당 옆에 있다고 했지? 그거부터 확인해 보자."

"알았어."

어차피 밥맛도 뚝 떨어졌다.

일단은 1클래스 학생의 포인트 현황을 확인한 뒤, 앞으로의 행동을 생각해야 할 것 같았다.

그렇게 밴시와 함께 강당으로 향하던 중, 절망스러운 표정의 헤이와도 마주쳤다.

"아르텔, 공지 사항 봤어?"

헤이도 우리처럼 방금 확인한 듯했다.

"어."

난 매몰차게 짧은 대답만 하고 밴시와 함께 헤이를 지나쳤다.

"어디 가?"

"확인하고 싶은 게 있어서."

헤이는 나와 밴시의 뒷모습을 갸우뚱하며 보다가 우리 뒤를 따랐다.

그렇게 도착한 강당 입구.

공지 사항대로 입구 옆엔 큼직한 게시판이 있었다.

[1클래스 포인트 순위]

1. 아르텔 (186,200)

2. 헤이 (165,300)

3. 솔러 (163,900)

4. 노힐 하페르트 (163,800)

5. 쿠딘 (162,700)

6. 케로스 (162,500)

7. 필테스 (162,200)

8. 밴시 (161,800)

'내가 너무 압도적으로 많아.'

전부 불 원소 학생이 상위권 독점.

지난주의 주간 대련 1위 보상으로 받은 포인트 때문에 이런 현상이 일어난 거다.

9위부터는 주간 대련 2위 과목이었던 어둠 원소 과목 학생들과 이전에 3위를 했던 대지 과목 학생들이 있었다.

그리고 순위표의 마지막엔 가슴 아픈 이름도 있었다.

31. 키에나 (−1,400)

그래도 밴시의 도움으로 단기간에 엄청난 성장을 이뤘으니 금방 포인트를 회복할 것이라 믿는다.

'그나저나 이제 포인트를 얻을 기회는 따지고 보면 한 달에 두 번밖에 없잖아.'

새롭게 변경된 규칙으로 인해 대련 과목이 월간이 되었고, 교사 재량 평가도 월간이다.

페이스를 어떻게 조절하며, 겨울방학 직전에 상위 5위를 유지하느냐가 관건이다.

계속 상위권을 유지하면 시설물 이용료가 열 배이기 때문에 오히려 손해다. 따라서 적당한 완급 조절이 필수로 요구되는 졸업 조건이 추가된 것이다.

'머리 좀 아픈데.'

혼자서 포인트 순위표를 보는 나도 이런 정도인데 어린 학생들은 과연 어떻게 받아들일까?

난 옆에 있는 헤이의 표정을 살폈다.

헤이는 그저 아무 생각 없이 멍하니 순위표만 바라볼 뿐이다.

'그렇지, 저렇게 어린애들은 어떻게 계획을 짜야 하는지 아무것도 잡히지 않겠지.'

그때 어둠 원소 담당 교사인 드라코 월피스로부터 연락이 왔다.

―아르텔, 오늘부터 다시 수업에 들어와라.

'어째, 나를 가만히 놔둘 생각이 없다는 것처럼 보이냐.'

분명히 시기상으로, 첫 수업 때 알려 준 다크 스페이스 진도는 아직 끝나지 않았을 거다.

그저 내 활동 반경을 제한시키려는 목적으로밖에 보이지 않았다.

'일단 들어가고 나서 생각하자.'

"나 먼저 간다, 수업이 있어서."

"더블 캐스터라 그런가, 바쁘네."

"아르텔! 우리 앞으로 어떡해?"

무덤덤하게 답하는 밴시와 달리 헤이는 당장 내가 무언가를 알려 주길 바랐다.

"몰라."

나도 당장 드는 생각은 없어서, 조금은 매정하게 답하고 어둠 원소 수업 준비에 나섰다.

아침 식사는 거른 채로.

같은 시각, 포머는 교장실에 에타르와 함께 있었다.

둘 사이에 있는 작은 테이블엔 포머가 기획한 교칙 변경 사항이 적힌 종이를 올려놓았다.

에타르는 유심히 조항 하나하나를 살피며 의문을 꺼냈다.

"일단 1클래스에만 공지를 보내긴 했지만, 올해 안에 아르텔을 퇴학시킬 수 있을까? 더블 캐스터인데 겨울에 마이너스 상태로 만들 수가 있겠느냐고."

둘은 이제 부자(父子) 상태가 아닌, 평소대로인 교장과 교감의 사이로 돌아왔다.

그리고 1클래스부턴 보유한 포인트는 곧 마법의 재능, 실력을 숫자로 나타내는 요소다.

500년 만에 탄생한 더블 캐스터가 정말로 마이너스 상태가 될 수 있을지.

그것이 가장 걸렸던 에타르르다.

이미 니드 교수에게 들은 것만 하더라도 자신의 분교 4클래스와 맞붙게 하더라도 압도할 수 있는 재능을 가진 학생이 분명했기 때문이다.

"아르텔이 분명 상당한 재능을 가진 학생인 건 저도 잘 알고 있습니다. 하지만 제가 계획한 이 변경 사항들은 단순히 마법적 재능이 뛰어나다고 벗어날 수 있는 게 아닙니다."

포머는 곧장 2번 조항을 짚으며 설명을 이었다.

"해당 클래스를 졸업하기 위해선 상위 5위가 되어야 합니다. 그런데 상위권을 유지하면 이용료가 열 배가 되니, 어린 학생들은 심리적으로 동요하지 않겠습니까? 아르텔도 그런 어린 학생입니다."

"지혜와 마법적 재능은 별개니까?"

"그렇습니다."

그것이 바로 포머가 노린 부분이다.

그 또한 아르텔이 가진 마법적 재능은 진즉에 알아봤다.

실제로 에타르의 명령을 받고 1클래스에서 그를 직접 보지 않았던가?

따라서 마법적 재능으로 제한을 걸 수 있는 방법은 없다고 판단, 성인 마법사에게도 머리 아픈 제약을 어린 학생에게 잔뜩 건 것이다.

"하지만 아르텔이 아닌 다른 학생도 마이너스 포인트가 될 가능성도 동반하는 게 아닌가? 그렇게 되면 계획이 무의미해지는데."

여전히 에타르는 걱정이 많았다.

"어차피 교장 선생님의 목적은 아르텔의 퇴학. 그것만 이루어지면 되는 게 아닙니까?"

"그렇지."

"그건 생각해 둔 부분이 있습니다."

포머는 확신으로 가득한 표정과 목소리로 에타르를 안심시켰다.

"그래, 기대되는군."

에타르에게도 우려스러운 부분은 많았지만, 그래도 괜찮은 계획이라고 생각했다.

"다크 스페이스는 거듭 강조하지만, 상대를 암흑에 빠트

리는……."

월피스는 팔짱을 낀 상태로 한 손으로만 교과서를 들고 수업을 진행 중이다.

'이럴 줄 알았다.'

예상은 적중했다.

아직 어둠 원소 과목은 첫 번째 진도인 다크 스페이스가 전부 끝나지도 않았는데 날 불렀다.

그렇다고 월피스에게 따지진 않았다.

무슨 의도로 나를 수업에 묶는 것인지 잘 알기 때문이다.

보나 마나 월피스의 윗선인 니드, 그보다 더 위인 교감 포머, 교장 에타르에게 명령을 받았을 게 뻔하다.

난 지금 학생의 신분과 모습이기에 학교 내에선 아무리 힘이 있다고 한들 행동을 조심하는 편이 좋다.

철저하게 학교 내부에선 교사 직위 이상은 전부 권력자다.

'그래도 이건 내가 역으로 이용할 수 있는 방법이기도 해.'

수업은 전적으로 담당 교사인 월피스 혼자 진행한다.

그가 뱉는 말 한마디, 문득 던지는 시선 하나.

그 모든 것들이 내겐 역공으로 이용할 수 있는 빌미와 단서들이라고 생각하고 월피스만 쳐다봤다.

월피스는 수업을 진행하면서 역시나 나를 곁눈질로 훔쳐봤다.

난 교과서에는 집중하지 않고 월피스의 상태만 살피다 보니, 그럴 때마다 나와 눈이 마주쳤다.

턴.

월피스는 느닷없이 책을 덮고 내게 말했다.

"수업에 집중 안 하고 왜 나만 쳐다보지?"

이게 그렇게 과민 반응할 일인가?

아니면 시비를 걸고 싶어서 안달이 난 걸까?

어느 쪽이든 역시, 나와 월피스는 맞지 않는다.

아니, 드라코 가문 전체가 나랑은 상극이다.

최대한 평화적으로 넘기기 위해 일부러 말똥한 눈동자를 하며 받아쳤다.

"선생님을 쳐다보는 것도 수업에 집중하는 방법의 하나라고 생각되는데요. 선생님의 말씀은 귀담아들어야 하는 게 아닌가요?"

"……."

"그리고 전 다크 스페이스는 합격했는데……."

월피스는 약 3초 정도 나를 더 노려본 뒤에 답했다.

"반복도 학습에 있어서 중요한 과정이다. 한 번 합격했다고 우쭐대긴."

"아, 예."

역시, 러쉘과 동급으로 마음에 안 드는 꼬맹이야.

엄연히 난 300년 전까지 활동했던 대마법사니까 그 기준으로 삼자면 월피스는 한참이나 내게 못 미치는 꼬맹이가 맞다.

"시선 내리깔고 책이나 봐."

'말 좀 예쁘게 해라.'

순간 터지는 울분처럼 말이 목구멍을 비집고 입 밖으로 튀어나올 뻔했지만, 간신히 참았다.

난 고개만 끄덕이며 책상에 펼쳐진 교과서에 시선을 고정했다. 당연히 전부 다 아는 내용이니 집중도 안 되고 그저 지루할 뿐이다.

그렇게 나는 자연스럽게 딴생각을 하게 되었다.

바로 어떻게 완급 조절을 하며 겨울방학 직전에 보유 포인트 상위권을 유지하느냐.

이 방법에 대해 한번 생각해 본 것이다.

'포인트를 얻을 수 있는 수단은 오로지 수업 중 교사 재량 평가와 월간 대련 과목.'

그마저도 상위권이 되면 이용료가 열 배니 득보단 실이 많을 거다.

게다가 내 현재 상태는 1클래스 학생 중 보유 포인트가 1위.

지금이 학기 말이라면 1클래스 졸업 문제는 걱정이 없겠지만, 문제는 이제야 일주일이 지난 학기 초라는 거다.

'흐음, 아무리 나라고 해도 완급 조절이 생각대로 될 것 같지가 않은데.'

이건 1클래스 학생들 간의 두뇌 싸움도 필요한 상황이다.

머리가 제법 잘 돌아가는 학생들은 일부러 대련에서 상대하는 과목을 1등 하게 만들 수도 있다.

상위 성적을 유지하면 이용료가 열 배가 된다는 단점을 이용해 일발 역전을 노리는 등등의 다양한 변수가 학기 말에 쏟아질 것이다.

그러나 그건 어디까지나 상대보다 마법적 재능이 훨씬 뛰어나야 가능한 일.

적어도 내가 대련에서 봤을 때, 1클래스에서 그렇게 압도적인 재능을 가진 학생은 없었다.

밴시는 애초에 250년을 산 마법사니까 제외, 그렇다면 후보는 가문의 마법사들이다.

불 원소 과목만 하더라도 노힐 하페르트가 있다.

난 처음 들어 보는 가문이다. 내가 이 세상에서 잠시 사라진 300년의 공백 기간에 생겨난 신생 가문이라는 뜻이다.

물 원소의 라믹 비르?

가문이 대단할 뿐이지, 실력은 가문의 명성에 비하면 부족한 수준이다.

빛 원소의 미하엘 러쉘은 말할 것도 없다.

가문의 마법사까지 제외하면 1클래스 총원 중 그게 가능한 사람은 딱 한 명.

씨익.

나도 모르게 입꼬리가 자동으로 올라갔다.

'전 대마법사 아르키스 에이머가 여기에 있는데, 뭘.'

앞으로의 계획이 그려졌다.

게다가 다들 나를 더블 캐스터로 알고 있지 않던가?

그 부분을 이용할 생각이다.

난 잠시 책에서 눈을 떼고, 어둠 원소 학생들을 훑었다.

'너희가 나를 위해 희생 좀 하자?'

"아르텔, 또 딴짓이냐? 집중해라."

그 순간, 어김없이 날 감시하던 월피스의 잔소리가 날아들었다.

"아, 예예."

점심시간이 되어, 우리 4인방은 식당 앞에 모였다.

여전히 키에나는 마이너스 상태이기에 우리가 들어가서 음식을 가지고 와야 했다.

하지만 키에나는 오늘부로 변경된 교칙 때문인지, 미안함으로 가득한 얼굴로 어렵게 입을 뗐다.

"나 배 안 고파……. 안 먹을래."

키에나도 아침을 걸렀다.

따라서 저건 미안한 마음에서 나온 새빨간 거짓말이다.

"아침도 안 먹었잖아. 우린 괜찮으니까 같이 먹자."

"……아니야. 정말 괜찮아."

헤이는 키에나를 설득하려 했지만, 여전히 표정이 좋지 않았다.

난 먼저 식당 안으로 들어갔다.

"뭐 하려고?"

밴시가 곧장 내 뒤를 따르며 물었다.

"설득은 필요 없어. 그냥 가져다주면 먹을 거야. 이미 포인트는 썼으니 안 먹을 수도 없을 거잖아."

"확실히 그렇지."

점심시간이라 주위에 많은 학생이 있다.

키에나는 주위를 흘깃 살피며 답했다.

"참, 주말에 외출할 때 키에나는 어땠어? 돌아오는 날 물어보고 싶었는데 많이 피곤해 보여서 못 물어봤는데."

"그냥 천재라는 단어는 저런 걸 뜻하는구나, 이렇게 느낀 정도?"

키에나가 내가 인정하는 이해의 천재이긴 하지.

"아, 그리고 밴시."

"응."

"외출하기 전에 내가 너한테 했던 말, 안 잊었지?"

"물론이지."

"오늘 밤에 아마 그렇게 될 것 같다."

키에나에게 줄 음식을 담으며 밴시를 지그시 쳐다봤다.

밴시는 그저 고개만 천천히 끄덕였다.

왕따 아르텔

그렇게 시간은 흘러 깊은 밤이 되었다.

기숙사 침대에 몸을 눕힌 채 모브를 활성화하고, 밴시에게 연락했다.

-어. 여보세요.

-뭐 하냐?

-그냥 있는데?

-그래?

-왜? 하고 싶은 말이라도 있어?

역시, 밴시는 외출 나가기 전 내가 했던 말을 정확히 기억하고 있는 모습이다.

본론을 꺼내기 전, 잠시 생각에 잠겼다.

명백히 모브는 조작되었고 에타르, 포머는 모든 학생의 모브를 감시한다.

처음엔 가설이었지만, 모든 정황이 들어맞았기에 정설이라고 할 수 있다.

누가 스승님이 만드신 모브를 조작하기 시작한 것인지는 모르나, 난 이걸 역으로 이용해 포머와 에타르에게 확실하게 경고하고 싶었다.

–내가 처음 1클래스에 올라와서 들었던 마법사의 역사2 수업 내용 중에 내내 궁금한 게 있어서.

–뭔데?

–전 대마법사였던 아르키스 에이머라는 사람.

–……그 이름은 함부로 말하면 안 돼.

밴시는 여전히 연기를 하며 내게 잘 맞추는 중이다.

일부러 당황한 척, 조금 뜸들이며 조심스럽게 경고했다.

그러자 나는 진정으로 전하고자 하는 말을 내뱉었다.

–뭐, 어때. 설마 선생님들이 모브를 엿듣기라도 하겠어?

–…….

자, 과연 이 모브를 엿듣고 있을 에타르와 포머.

너희는 무슨 반응을 보일지 정말 궁금하구나.

너희가 날 노리고 교칙까지 전부 변경했으니, 나도 너희에게 나름대로 선전포고를 한다.

선은 너희 쪽에서 먼저 넘었다.

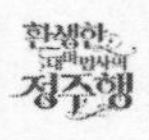

그러니 나도 너희가 넘은 만큼, 똑같이 넘어 주마.

-그런데 뭐가 그렇게 궁금하다는 거야?

이미 내가 모브를 통해서 위에 있을 에타르에게 전할 말은 끝났지만, 밴시는 거기까진 눈치채지 못하고 더욱 자세하게 밀었다.

차라리 잘됐다.

이대로 끝내기엔 어딘가 미지근한 느낌이 없지 않아 있었는데, 밴시 덕분에 조금 더 선을 넘어도 될 것 같았다.

-그냥, 정말 살육의 마법사라고 불렸던 사일러드의 봉인을 풀려고 했을까? 이런 생각이 갑자기 들어.

-네가 아무 이유 없이 그런 생각을 하진 않았을 거고. 갑자기 왜 그런 이상한 소리를 해?

'그래, 잘하고 있어. 계속 그렇게 모르는 척 잡아떼.'

밴시는 이 학교에서 유일하게 내가 아르키스 에이머라는 걸 알고 있다.

그렇다 보니 대화도 자연스러웠다.

-아니, 수업 내용을 다시 생각해 보니까 어딘가 앞뒤가 안 맞잖아.

-무슨 뜻인지 모르겠는데.

-사일러드의 봉인을 푼 이유가 단순히 미쳐 버려서라고 했잖아?

-그랬지.

—그런데 미치고 나서 정확히 뭘 했는지는 말을 안 해 줬잖아? 혼자 공부하는데도 그런 내용은 없던데.

—사일……의 봉인을 풀려고 했다잖아.

밴시는 일부러 그의 이름을 흐렸다.

—아니, 그 전에 말이야. 예를 들면 다른 마법사를 죽였다든가, 검사 사회에도 영향을 끼쳤다든가 그런 것들. 사일러드의 봉인을 바로 풀려고 하진 않았을 거니까.

—……나 너랑 계속 얘기 못 하겠다. 무서워.

—뭐가?

—입에 담으면 안 되는 마법사들의 이름을 아무렇지도 않게 말하잖아. 들키면 퇴학이라니까?

—그럴 리 없다니까. 우리가 퇴학당하는 거면 모브를 선생님이 엿듣고 있다는 뜻이고, 그게 알려지면 학생들이 과연 학교를 계속 다니려고 하겠어?

이것도 에타르에게 보내는 말이다.

무슨 이유에서인지는 모르겠지만, 너는 나를 퇴학시킬 생각인 것 같은데, 밴시와 주고받은 내용은 증거가 되지 않는다.

그러니 머리를 괴롭게 굴려 봐라.

—아무튼, 그렇다고. 내가 생각해도 밤에 이상한 소리를 많이 했네. 잘 자라.

난 그렇게 황급히 연락을 마무리 지었다.

깍지 낀 손으로 뒤통수를 받치며 천장을 올려다봤다.

이제 내일부턴 어떻게 나올 거니, 에타르?

너 다 듣고 있었잖아?

다음 날 아침, 포머는 에타르의 호출을 받고 급히 교장실을 찾았다.

밖의 풍경은 절벽에 용암이 파도처럼 철렁이고 있었다.

유쾌한 호출이 아니라는 것을 쉽게 짐작하며, 긴장을 유지한 채 교장실로 들어섰다.

에타르는 늘 똑같은 모습으로 휠체어를 탄 채 모브를 활성화한 상태였다.

"왔나? 이것 좀 들어 봐."

-전 대마법사였던 아르키스 에이머라는 사람.

-……그 이름은 함부로 말하면 안 돼.

-뭐, 어때. 설마 선생님들이 모브를 엿듣기라도 하겠어?

1클래스의 아르텔과 밴시라는 학생이 서로 모브를 통해 대화한 것을 녹음한 것이었다.

그 뒤로도 아르텔이 뱉은 말들은 포머의 입장에서 충격의 연속이었다.

정말 아르키스 에이머가 미친 게 맞느냐는 의문을 품은 학생을 처음 마주한 순간이다.

이는 에드 분교만이 아닌, 다른 분교의 역사를 전부 합쳐도 전례가 없던 일이다.

보통 학생들은 열 살이 되기도 전에 입학해, 철저한 세뇌식으로 교육받기 때문에 의문을 품는 법을 모른다.

수업에서 들은 모든 내용을 정답이라고 인식하고, 아르텔처럼 '정말 정답이 맞는 걸까?' 하고 생각하는 법 자체를 모른다.

그것은 평민 마법사, 가문의 마법사가 가진 공통점이다.

포머가 느끼기에, 아르텔은 꼭 진실을 알고 있는 것처럼 말하곤 했다.

"상대 학생이 밴시라는 학생인데. 이 둘이 원래 이렇게 친했나, 저런 말을 다 하게?"

"듣기엔 밴시 학생이 아르텔 학생을 좋아한다고 했던 것 같습니다."

"뭐, 그래."

에타르는 그저 피식 웃어 보였다.

둘이 친하다는 것은 그다지 중요하지 않은 것으로 넘기며, 말을 이었다.

"그런데 말이야. 가장 집중할 건 '모브를 설마 엿듣기라도 하겠어?'라는 부분인데. 내 생각으론 도저히 열네 살짜리의 입에서 나올 소리는 아닌 것 같은데."

"……그건 저도 그렇게 생각합니다."

감히 학생 중에 누가 모브를 의심할까?

분명 무슨 근거가 있어서 그런 말을 거리낌 없이 뱉었을 거다.

포머는 과연 그 근거라는 게 무엇일지 궁금했다.

"말하는 것들에 전부 확신이 있는 느낌이야. 아르키스 에이머에 대해 의문을 품는 것도 그렇고. 꼭, 자신은 진실을 알고 있다고 말하는 것처럼 느껴지는군."

"교장 선생님께서도 그렇게 느끼셨군요."

"그리고 머리도 제법 굴리는 녀석 같은데. 퇴학 계획이 순조롭게 진행될까?"

"그건 걱정하지 마십시오. 실수 없이 준비 중입니다."

에타르는 잠시 포머와 눈을 맞추고, 입을 닫았다.

십수 초가 지난 뒤에 시선을 떼고 고개를 끄덕이며 의미심장한 말을 뱉었다.

"나야 교감 자네를 믿지. 하지만 살아 보니, 세상엔 예상치도 못한 이변이 너무 많더군. 그러니 걱정되는 건 당연하고."

"명심하겠습니다."

"만약 아르텔이 너무 무난하게 우리의 방해를 극복한다고 판단되면 언제든 과감하게 행동할 것을 허가하지."

"네, 이미 교장 선생님의 학교에 스며든 드라코의 감시자 눈을 피하며 최대한 노력하겠습니다."

"늘 믿음직한 대답을 들려주는구나."

에타르의 얼굴엔 잠시 아버지의 미소가 드리웠다.

밴시와 밤에 연락하고 나서 벌써 며칠이 지났다.

그런데 이상하게도 에타르와 포머는 아무런 행동을 보이지 않는 중이다.

변경된 교칙에 추가나 수정된 부분은 하나도 없고 처음 공지받았던 대로 흘러가는 중이다.

'모브를 감시 용도로 쓰는 건 내 과한 추측인가……?'

순간 그런 생각도 들었지만, 모든 정황이 감시 용도로 쓰는 게 맞다고 알려 주는 중이다.

그렇다면 역시 내가 밴시에게 마지막으로 남긴 말 때문에 문제 삼고 있지 않다는 뜻이 된다.

학생의 모브를 감시 용도로 사용하는 것.

그것을 들키고 싶지 않은 것이다.

그렇게 시간은 약 25일가량이 흘러, 월간으로 대련 과목을 진행하는 날이 내일로 다가왔을 때였다.

"야, 아르텔."

그런데 느닷없이 기숙사로 쉬러 가는 날 붙잡는 사람들이 있었다. 바로 불 원소의 학생들이었다.

헤이와 밴시를 제외한 불 원소의 모든 학생들이 내 앞길을 막아섰다.

"뭐야?"

"잠깐 나 좀 따라와."

그런 학생의 무리에 대장처럼 군림하는 학생은 유일한 가문의 마법사, 노힐 하페트르였다.

그는 내게 공격적인 표정을 짓고 저 말을 남기더니 먼저 등을 돌리며 어딘가로 걷기 시작했다.

내가 무시하고 기숙사로 향하던 찰나, 내 주위를 둘러싼 다른 학생들이 여전히 길을 막고 있었다.

"못 들었어? 하페르트가 따라오라고 하잖아."

평소에는 시선 한 번 준 적도, 내 덕에 다량의 포인트를 받아서 고맙다는 인사도 없던 학생들이 갑자기 이런 무거운 분위기를 잡는 이유가 무엇일지 문득 궁금해졌다.

일단은 하페르트의 뒤를 따랐다.

하페르트가 나를 끌고 온 곳은 학교 복도 깊숙한 곳.

내 앞엔 하페르트만 있고, 뒤엔 여전히 다른 학생들이 몸으로 막아섰다.

혹시라도 내가 도망칠까, 저런 행동을 보이는 것만 같았다.

“야, 너 더블 캐스터잖아.”

드디어 하페르트의 입이 열렸다.

그것은 곧 그가 나를 여기로 데리고 온 목적을 알려 주는 순간이기도 하다.

“근데?”

“내일이면 대련이 있는데 불 원소석에 앉기만 해 봐라. 죽는다, 진짜. 어둠 원소석에 앉아라.”

난 저 말을 들은 순간, ‘엉?’이라는 반응밖에 나오지 않았다.

설마 나를 불 원소석에 못 앉게 하는 이유가 내가 생각하는 그 유치한 이유 때문인가?

“나 때문에 또 1위 할 것 같아서 그러냐?”

“너 때문에 포인트 열 배로 쓰니까. 계속 이렇게 쓰면 순위가 떨어지는 걸 어떻게 책임질래?”

오히려 하페르트는 억지를 부리며 화를 냈다.

“근데 그건 나도 마찬가진데?”

“피해를 받으려면 너만 받을 것이지 어디 건방지게 고아 출신 마법사가 가문의 마법사에게 피해를 줘?”

화르륵!

하페르트는 내게 협박하기 위해 파이어볼 두 개를 구현했다.

"와, 너 누구랑 되게 닮았다."

러쉘을 말하는 거다.

미하엘, 노힐 두 가문의 공통점은 그리 규모가 크지 않은 가문이라는 것.

따라서 명가도 아니다.

어쨌, 그런 가문의 출신 마법사들은 소속만 다를 뿐이지 성격은 다 똑같은 것 같았다.

"내가 확실히 경고한다. 너 내일 불 원소석에 앉으면 내가 무슨 짓을 할지 몰라."

"네가 무슨 짓을 한다고 내가 당할 것 같진 않은데."

"더블 캐스터라고 신분을 잠깐 잊고 있나 본데, 넌 그래봤자 아무런 뒷배경도 없는 천민일 뿐이야."

"풉, 신분이라……."

정말 나도 모르게 웃음이 터져 나왔다.

신분으로 마법 사회에서 날 이길 사람이 없는데.

뭐, 이런 걸 설명하고 싶은 마음도 없으니 그대로 넘겼다.

"그리고 네가 아무리 더블 캐스터라고 해도 우리가 한꺼번에 덤비면 상대가 될 것 같아? 좋게 말할 때 내일 어둠 원소석으로 가라."

난 슬쩍 뒤를 쳐다봤다.

하페르트를 포함해서 이 장소에 있는 불 원소 학생은 네 명.

아무래도 이 학생들은 학기 초에 상위권 성적을 유지하면 졸업이 힘들다고 판단해 나를 이렇게 협박하는 것 같았다.

어린 학생들은 당장 앞만 보게 되니 그 심정은 이해한다.

시야가 지극히 제한된 상태니까.

"내가 불 원소석에 안 앉아도 밴시가 있는데, 이런 행동이 의미가 있냐?"

"네가 제일 문제니까."

하페르트는 그렇게 내 옆을 지나치며 일부러 어깨를 툭 쳤다.

"명심해라, 학교생활을 무난하게 하고 싶으면."

이 자식 보게?

나와 하페르트는 얼어붙은 듯, 그 자리에 멈춰 서로를 노려봤다.

주위에 있던 네 명의 다른 학생은 차가운 분위기에 입까지 얼어붙었는지, 침도 눈치를 보며 삼키기 시작했다.

"학교생활을 무난하게? 지금 이거 협박으로 들리는데 내가 잘 들은 거 맞니?"

"어, 잘 들은 거 맞어."

다시 냉랭한 분위기가 이어졌다.

세상이 바뀐 건 이미 알고 있었지만, 적어도 현재 마법 사회를 이끄는 상위 서클의 마법사들에게만 해당되는 줄 알았다.

전생의 마법 학교에선 1클래스와 같이 저클래스의 모든 학생은 서로 모르는 지식을 공유하며 친해지곤 했다.

그랬는데…….

이젠 학교의 구성원인 학생 자체도 변질되기 시작하여 가문의 마법사가 주도하는 학교 폭력의 일종도 자리 잡은 듯했다.

"너희 밴시랑 친한 거 아니었어? 나도 밴시랑 친해서 우린 친구라고 생각했는데."

그래도 최대한 평화롭게 해결하고자 물었다.

자신의 잘못이 무엇인지도 모르는 상태에서 꾸짖거나 마법으로 짓밟는다고 한들, 러쉘과 같은 또 한 명의 악동을 태어나게 하는 일이라고 생각했기 때문이다.

"갑자기 밴시 얘기가 왜 나와?"

"약 한 달 전 밴시가 나한테 포인트 전부 걸고 대련 신청했을 때 너희는 밴시 쪽으로 붙었잖아. 친하니까 그런 거 아니야?"

"이래서 천민들은 가축 같다니까. 이득이 되는 쪽으로 붙는다고 생각은 못 하지?"

"아, 그래?"

내가 학생들을 너무 순진하게 본 듯했다.

설마 그런 의도가 담겨 있을 줄은 꿈에도 몰랐다.

이로써 확실해졌다, 이 학생들에게는 무슨 말을 해도 통하지 않을 거라는 게.

나는 내 시간을 이렇게 유치한 자리에 쓰고 싶지 않았다.

내가 먼저 등을 돌리며, 기숙사로 돌아가려 하자 내 뒤를 둘러싸던 네 명의 학생이 더욱 견고하게 몸으로 막았다.

"안 비켜?"

"대답부터 하고 가. 내일 어둠 원소석에 앉는다고."

오히려 등 뒤에서 하페르트가 재차 물었다.

난 그를 노려보며 불 원소 1서클 최고 수준의 마법, 파이어 슈라우드를 구현했다.

"이게 내 대답이다."

여러 의미를 품은 대답이지만, 과연 하페르트는 어떻게 받아들일지.

"더블 캐스터가 무슨 대마법사라도 되는 줄 아나 보네. 파이어 슈라우드는 너만 구현할 줄 알아?"

하페르트는 나와 똑같이 파이어 슈라우드를 구현하며 맞섰다.

명색이 가문의 마법사라는 걸 표출하는 행동이다.

"유감이네."

혹시나 하는 일말의 기대감이 있었는데, 결국 러쉘과 똑같은 악동에 지나지 않는 것이었다.

난 파이어 슈라우드를 작은 구로 압축해, 손바닥 위에 띄웠다.

그리고 다른 한 손은 주먹을 꽉 쥐며 응축시킨 구를 터트렸다.

응축된 화염 구가 터지며 불길이 띠와 같은 형태로 퍼져나갔고, 복도에 있는 학생들의 몸을 강타했다.

"크학!"

학생들은 바람에 흩날리는 얇은 낙엽처럼, 버티지도 못하고 몸이 전부 밀려 벽에 부딪혔다.

가문의 마법사인 하페르트도 예외는 아니었다.

일부러 학생들의 몸에 닿기 직전 마나 함유량을 극히 소량으로 조절해 몸에는 큰 피해가 없도록 조절했다.

상당히 세밀한 컨트롤이기에 6클래스부터나 사용할 수 있는 조절 능력이지만 내가 누군가?

전생의 대마법사에게 이런 건 일도 아니다.

난 벽에 등을 부딪치고, 바닥에 주저앉은 하페르트 앞으로 다가가 무릎을 굽혀, 눈높이를 맞췄다.

"에드 분교는 학생의 선택을 존중한다. 그게 교칙이라고 에버 선생님이 말하지 않았던가? 그런데 네가 뭐라고 나한테 선택을 강요해."

"……."

하페르트는 분한 눈빛으로 이만 갈 뿐이었다.

"불 원소 대표 가문인 에드 가문의 지침과 똑같은 건데 고작 노힐 가문의 마법사인 네가 무슨 권한으로? 가문이 있건 없건 너랑 나는 똑같은 학생일 뿐이야.”

“……고작?”

그 단어에 하페르트는 과한 반응을 보였다.

“어, 고작.”

그리고 난 이제 무릎을 펴고 등을 돌렸다.

“유치한 짓 좀 하지 마라. 어떻게 내가 보는 가문의 마법사는 다 똑같이 유치하냐? 약속이라도 한 것 같네.”

그 말만 남기고 자리에서 떠났다.

“유치……?”

한편, 아르텔에게 일침을 받은 하페르트는 한참이나 일어서지 못하고 그 단어만 곱씹었다.

“내 가주님을 비롯한 가문을 천민 주제에 폄하해……?”

하페르트는 부들부들 떨었다.

그에게 있어선 자존감이 철저하게 부서진 날이었다.

그리고 동시에 아르텔의 적이 또 한 명 탄생한 순간이기도 했다.

“나 참, 생각하는 게 정말 귀엽단 말이야. 가문이 있건 없

건, 결국 다 똑같은 어린애들의 생각이다, 이건가?"

혼자 기숙사를 향해 돌아가며, 아르텔은 중얼거렸다.

방금 일어났던 일들을 돌이켜 보니, 이젠 헛웃음이 다 난다.

하페르트는 학기 초, 상위권 성적을 유지하는 게 독이라고 판단한 모양이다.

안 그래도 약 한 달이 지난 시간 동안 상위권 페널티 때문에 열 배에 달하는 포인트를 사용해야 했으니, 순전히 나 때문에 성적이 떨어질 것이라고 생각하는 게 확실하다.

그리고 계속 대련 과목에서 좋은 성적을 거둘 보장이 없다 보니, 조급함에 그런 유치한 짓까지 벌인 거겠지.

그렇다고 서운하거나 화가 나는 감정은 들지 않는다.

본래 어린 학생이니, 어떠한 상황이 있다면 해석의 깊이가 상당히 얕을 수 있으니까.

단지 씁쓸할 뿐이다.

'성적을 일부러 거두지 않는 게 정답일까? 나라면 페널티를 역으로 이용하겠는데.'

깊게 생각하는 법을 역시 모른다.

기숙사에 들어가기 전, 강당에 들러 포인트 순위를 한번 살펴봤다.

내일이면 포인트를 얻을 수 있는 대련 과목이 진행되기 때문이다.

[1클래스 포인트 순위]

1. 헤이 (101,100)

2. 밴시 (97,300)

……중략……

10. 아르텔 (60,200)

……중략……

25. 키에나 (8,600)

키에나는 바로 어제 수업에서 소환 과목의 교사 재량 평가에서 1등을 해 10,000포인트를 받았다고 했다.

내 포인트가 헤이나 밴시와 달리 유독 많이 소모된 이유는 계속 내가 키에나의 식사를 책임졌기 때문이다.

지금 당장의 등수가 10등인 건 아무런 상관없다.

이제야 1클래스는 1학기 한 달이 막 지나려는 시점이니, 시간은 많다.

남은 시간 동안 판도는 얼마든지 뒤집을 수 있다.

하지만 상위권은 여전히 전부 불 원소 학생들.

18연승으로 받은 보상 포인트가 그만큼 크다.

그다음 순위는 여전히 저번 대련에서 2위를 했던 어둠 원소와 대지 원소가 뒤를 이었다.

어둠 원소와 대지 원소의 포인트 격차는 크지 않지만 불 원소가 너무나 독보적이다.

밴시가 5년 동안 1클래스 불 원소 학생으로 활동했을 때도 18연승은 한 적이 없다고 했으니, 이례적인 현상이기도 한 것이다.

'내가 원하는 상황은 아닌데.'

난 철저하게 학기 말까지 학생들에게 혼돈을 가져다주고, 마지막 순간에 상위권으로 치고 올라 밴시, 키에나, 헤아와 함께 2클래스로 진출할 생각이다.

굳이 포인트 격차를 좁혀서 학생들에게 혼란을 안겨 주는 이유.

그것은 방금 하페르트를 만나고 깨달은 것이 있어서다.

1클래스 대다수의 학생은 하페르트처럼 학기 초에 상위권 성적을 유지하는 걸 독이라고 생각할 게 분명하다.

다른 것도 아닌 상위 5위까지의 학생들의 포인트 소모량이 열 배가 된다는 페널티 때문이다.

난 페널티가 주는 혼란과 두려움을 1클래스 학생들에게 끝까지 심어 주며, 판단력을 흐리게 만들고 우리만 쏙 빠져나갈 생각이다.

"그러기 위해선……."

난 포인트 순위표에 있는 어둠 원소 학생들의 이름을 손가락으로 쭉 훑었다.

"너희들이 필요하거든. 고생 좀 하자고."

에드 분교 1클래스의 어둠 원소 학생은 네 명.

나와 친구들을 2클래스로 올릴 도구로서 활용될 예정이다.

그렇게 기숙사로 돌아가, 어서 내일이 오길 기대하며 눈을 감았다.

드디어 월간 대련 과목의 시간이 찾아왔다.

1클래스의 모든 학생은 늘 그랬던 것처럼, 대련장으로 속속 모이기 시작했다.

각자의 원소석을 향해 올라가던 중, 어제 나와 잠깐의 해프닝이 있었던 하페르트가 내 앞에서 잠시 멈추고, 나를 향해 손가락질했다.

내 두 눈동자를 가리킨 그의 손가락은 이내 어둠 원소석으로 향했다.

그곳에 앉으라는 뜻이다.

'아직도 정신을 못 차렸네.'

분명 다신 기어오르지 못하게 혼내 줬다고 생각했는데, 강도가 너무 약했던 것 같다.

난 그에게 그저 손사래를 치며 얼른 눈앞에서 사라지라는 신호만 보였다.

하페르트는 표정을 찌푸리며 원소석으로 올라갔다.

악동 하나가 더 생긴 것쯤은 큰 신경을 쓰지 않기로 했다.

어차피 올해까지만 보고 더는 1클래스에선 안 볼 사이다.

운이 따라 준다면 이 에드 분교에서 영영 볼 수 없는 사이가 될 수도 있기 때문이다.

하지만 가장 큰 이유는, 녀석이 가문을 가지고 있다고 해도 내가 겁나지 않는다는 것이다.

"아르텔! 가자!"

그리고 헤이도 곧장 도착해 내 어깨를 붙잡았다.

늘 그렇지만, 헤이는 마법사인데도 힘이 엄청나서 순식간에 넘어질 정도로 몸이 앞으로 고꾸라졌다.

"아잇, 깜짝이야."

"헤이! 왜 이렇게 신났어! 힘 조절 좀 하라니까! 아르텔이 넘어질 뻔했잖아!"

"요새 자신감이 많이 붙었네, 헤이?"

키에나와 밴시도 헤이와 함께였다.

우리가 1클래스 생활을 한 지 어느덧 1개월이 조금 넘었다.

헤이의 검은 머리카락은 밴시만큼은 아니지만, 미세한 빨간색이 자리 잡기 시작했다.

원소와의 동화가 제대로 진행되는 중이다.

아마도 도서관 비밀의 방에서 얻은 에드 가문의 마법서의 영향이 가장 큰 듯했다.

'나도 이제 슬슬 머리 색을 물들여야겠군.'

혼자만 너무 빠른 성장을 거두면 헤이와 키에나가 주눅이 들 우려가 있어 참았던 것이다.

우리 넷 중 마력이 가장 약했던 헤이도 이제 동화가 본격적으로 진행되었으니 나도 슬슬 머리카락 색의 변화가 필요한 시점이었다.

난 내 어깨를 잡은 헤이의 손을 떼며 말했다.

"헤이, 난 오늘 불 원소석으로 안 가."

"……뭐? 왜?"

"나 더블 캐스터잖아. 오늘은 어둠 원소석으로 가려고."

"자, 잠깐……! 그러면 너랑 붙게 될 수도 있잖아? 너 저번엔 분명 어둠 원소에 갈 일은 없을 거라고 나한테 그랬으면서!"

그때야 교칙이 바뀌기 전이니까 그랬지.

지금은 상황이 상황인지라 나도 그에 맞춰 움직일 필요가 있었다.

"아, 그렇구나."

밴시는 내 대답의 의도를 알아차렸는지, 내 앞을 지나치며 한 말이다.

그리고 몇 발자국 걸은 뒤에 나를 돌아보며 한마디를 남겼다.

"어둠 원소 대 불 원소가 가장 기대되네."

그녀는 그렇게 말하며 은은한 미소를 띠었다.

솔직히 무슨 의도로 한 말인지는 모르겠다.

밴시는 그렇게 먼저 원소석에 올라갔다.

“아르텔! 왜 갑자기 오늘은 어둠 원소로 가……?”

키에나가 약간 울먹이며 물었다.

“음, 그냥 생각한 게 있어서. 그럼 이따 보자!”

나는 얘기가 길어질 것을 우려해 둘을 뒤로하고 먼저 어둠 원소석으로 향했다.

그렇게 어둠 원소석에 도착하니, 월피스를 비롯한 학생들은 의아한 눈초리를 내게 노골적으로 보냈다.

난 팔짱을 끼고, 원소석 제일 앞에 앉아 다리를 꼬며 월피스를 쳐다봤다.

“왜 어둠 원소석으로 왔지? 저번엔 불 원소로 갔으면서.”

“그거야 제 맘이죠. 교칙에 위반되는 것도 아닌데요, 뭘.”

월피스는 반박할 말이 없었는지, 혀를 차며 시선을 거뒀다.

‘자, 혼돈에서 놀아 보자. 1클래스 학생들이여.’

후에 벌어질 일들을 생각하니 입꼬리가 절로 올라갔다.

예상 밖의 혼란

니드 교수가 대련장 중앙으로 모습을 보였다.

'얼른 시작하자고.'

그녀는 2층 원소석을 시선으로 한 바퀴 훑던 중, 어둠 원소석에 앉아 있는 나를 발견하고 시선이 멈췄다.

표정이 그리 편치만은 않았다.

'왜? 계획한 게 있었는데 내가 어둠 원소로 오는 바람에 어긋났나?'

이상하게 그녀와 시선을 맞춘 순간, 그 생각이 먼저 들었다.

저번 대련에서 물 원소 학생이자 라믹 가문의 마법사 비르를 고의로 도운 일이 있었기 때문이다.

니드는 내 시선을 피하지 않고 몇 초 응시하더니 알 수 없는 미소를 남기고 담당 교사들을 향해 말했다.

"자, 선발로 나설 과목, 있습니까?"

그녀의 발언으로 이제 대련의 막이 올랐다.

동시에 각 원소의 담당 교사들의 눈초리가 분주하게 움직였다.

그중에서도 제일 조급한 모습을 보였던 건 불 원소 담당 교사, 에버였다.

에버는 밴시에게 무언가를 말하더니, 밴시가 고개를 끄덕이자 손을 번쩍 들었다.

"교수님! 불 원소가 선발로 나서겠습니다!"

'저번에도 그러더니, 엄청 절박한가 봐?'

인사고과가 뭐라고 저렇게 적극적으로 나서는지 별로 이해가 되지 않았다.

그리고 에버가 저렇게 자신 있게 선발로 나선 이유도 내가 불 원소에 없어도, 밴시라는 믿을 수 있는 카드가 존재했기에 그럴 것이다.

밴시는 1클래스에서 5년간 생활하며 좋은 모습만 보여 줬으니까.

반면에 월피스는 특유의 무뚝뚝한 표정을 지으며, 팔짱을 끼고 그저 벽만 쳐다보고 있었다.

'에버랑 같은 서클일 것 같은데. 인사고과에는 관심이 없

나?'

무뚝뚝한 그의 표정이 그렇게 말하는 듯했다.

내가 어둠 원소석에 앉아 있음에도 월피스는 선발로 나설 생각 자체를 가지고 있지 않는 것만 같았다.

'그러고 보니 저번 대련에서도 선발에는 관심이 없었어.'

도대체 무엇을 목적으로 에드 분교 1클래스 어둠 원소 담당 교사가 된 걸까?

평소 그가 진행하는 수업에서도 열정이라는 건 찾아볼 수도 없었으며, 마지못해서 수업을 진행한다는 느낌을 가장 강하게 받았다.

보통 마법 학교의 교사라 하면, 6클래스 진입에 실패한 낙오생들의 마지막 희망이다.

다들 절박함이 가장 크기에 열정이 자연스럽게 녹아들기 마련인데 유독 월피스에겐 그런 게 없었다.

"교수님! 저희가 나서겠습니다!"

그때 다른 과목의 눈치를 살피던 소환 과목 교사가 손을 들었다.

"오호, 소환 과목이 다시 선발? 그만큼 자신이 있다는 건가요?"

니드도 흥미로운 반응을 보였다.

선발로 나서서 승리를 거둬야만 담당 교사에게 가산점이 부여된다.

이기면 좋고, 아니면 말고의 식이 아닌, 정말 이길 수 있다는 확신이 있어야만 선발을 자처할 수 있는 것이다.

"물론입니다!"

소환 담당 교사 카뉴는 자신 있게 답했다.

불 원소에서 밴시가 추첨된다 하더라도 무조건 이길 수 있다는 어떤 확신을 한 모양이다.

'그간 조용했고, 심지어 저번 대련에서는 꼴찌를 기록한 소환 과목이 왜 이번엔 저렇게 자신만만하게 나왔을까?'

한 달 사이에 소환 과목 내에서 어떠한 변화가 있었던 것이 틀림없다.

이 대련 시간만큼은 학생의 실력이 곧 교사의 실력이 되기도 한다.

그런데 저렇게 당당한 표정을 짓는 것은 그만큼 자신이 믿는 학생이 그 한 달 사이에 생겼다는 뜻이다.

내 시선은 문득 키에나에게 멈췄다.

'확실히, 이해의 천재니까.'

키에나는 저번 달, 밴시와 외출을 하고 와서 1클래스인데도 신물을 소환하는 기적을 보였다.

분명 수업 중에도 그런 재능을 마음껏 선보였을 것이고 그 덕분에 바로 어제 있던 교사 재량 평가에서 1등을 해 마이너스 포인트를 탈출했을 게 분명하다.

즉, 카뉴도 그녀의 재능을 인정하는 것이다.

지금 키에나의 실력이라면 공식적으로 1클래스 내에 더블 캐스터인 나 다음으로 강한 밴시를 이길 수 있을 것이라고.

"지체할 것 없죠. 바로 추첨 시작합니다."

니드는 저번과 똑같이 추첨 항아리를 소환했다.

각각 불 원소와 소환 과목에서 하나씩 추첨한 결과였다.

[노힐 하페르트]

[키에나]

'오호, 이거 재미있겠는데?'

추첨 결과가 나온 동시에 에버와 카뉴 둘 다 표정이 활짝 폈다.

에버는 자신이 원하던 밴시가 나오지 않았지만, 그래도 소환 과목의 평균 실력을 알고 있으니 가문의 마법사인 하페르트 선에서 충분히 정리될 거라 확신하는 표정이었다.

당연, 그런 확신은 카뉴도 가지고 있었다.

이윽고 두 사람은 각자의 스태프를 들고 내려왔다.

공교롭게도 두 사람의 스태프는 동일한 것이었다.

그러나 정작 그 주인의 태도는 달랐다.

키에나가 움츠러들어 있었기 때문이다.

대련이 처음은 아니지만, 아무래도 상대가 가문의 마법사라는 것 때문에 저런 자세를 취하는 것으로 보였다.

"아무리 그래도 천민 따위한테 질 순 없지. 난 가문의 마법사니까."

'그놈의 가문의 마법사. 지겹다, 정말.'

하페르트의 말은 분명히 대련에서 좋은 성적을 거둬 봐야 의미가 없어서 일부러 지고 싶지만, 그렇다 해도 천민에게 지지는 않겠다는 의미다.

철저하게 천민 마법사와 가문의 마법사의 차이를 보여 주겠다는 의지가 강하게 담겨 있다.

나에게 마법으로 제압당했을 때는 내가 500년 만에 탄생한 더블 캐스터로 알고 있으니 자존심에 심한 타격이 가진 않았겠지.

하지만 키에나에게 지면 어떻게 될까?

난 이상하게 이번 대련에서 키에나가 절대 질 것 같다는 생각은 안 들었다.

만일 그렇게 된다면 하페르트는 영혼만 쏙 빠져나간 송장의 모습이 될 것만 같았다.

'어째, 저 잘난 콧대 오늘 부러지다 못해 아예 으스러질 것 같은데.'

그렇게 둘의 대련은 시작되었다.

대련이 시작되자마자 키에나는 즉시 신물을 소환했다.

히이이잉!

'한 달 사이에 신물이 성장했네.'

그동안 정말 많은 수련을 갈고닦은 게 신물을 보는 순간 주마등처럼 그려졌다.

키에나가 처음 신물 소환 방법을 터득했을 땐 갓 태어난 페가수스였고, 눈도 뜨지 못하던 상태였다.

하지만 고작 한 달 사이에 페가수스는 네발로 멀쩡히 서 있으며, 작았던 체구도 제법 커져 이제 키에나의 키와 비슷했다.

신물의 등장 때문인지, 키에나는 움츠러들었던 어깨를 쫙 폈고 표정에서도 자신감이 샘솟았다.

이제 그녀의 입은 웃고 있었다.

여느 마법사가 그렇듯이, 마법을 구현하는 순간에는 다른 사람이 되는 지극히 정상적인 반응이다.

키에나가 소환 마법을 선보인 순간, 학생은 물론 불 원소석의 에버까지 당황스러운 표정을 감추지 못했다.

얼마나 놀랐는지 두 눈이 보름달처럼 동그랗게 변하며 자리에서 벌떡 일어났다.

슬쩍 옆을 보니 월피스도 눈동자가 흔들리고 있었다.

'놀랄 거다, 1서클에서 3서클 수준의 소환 마법을 보였으니까.'

"뭐야, 저 날개 달린 말은?"

반면, 아무리 가문의 마법사라고 한들 원소사 가문이었기 때문일까?

하페르트는 소환 마법을 제대로 모르는 듯했다.

그도 그럴 것이 하페르트가 몇 년이나 1클래스에 있었는지는 모르지만, 소환사와의 대련이 이번이 처음은 아닐 것이다.

하지만 그동안 다른 소환 과목 학생들이 선보인 소환 마법은 0클래스 때의 키에나처럼 동물 몇 마리를 소환하는 게 고작이었겠지.

“원소사보다 한참이나 약한 소환사 주제에 뭔 표정이 그렇게 당당해?”

키에나는 아무런 대꾸도 하지 않고 무표정을 유지했다.

“건방져.”

하페르트는 곧장 1서클 최고 수준 마법 파이어 슈라우드를 구현했다.

그리고 그 뒤에 이어진 행동은 날 의아하게 만들었다.

‘어? 저건…….’

하페르트는 구현한 파이어 슈라우드를 손바닥 위에 동그랗게 응축시키기 시작했다.

내가 어제 그에게 보여 줬던 마법이다.

‘천민은 무시하면서 그건 또 따라 하고 싶었어? 귀엽긴.’

가문이라는 자긍심으로 똘똘 뭉친 녀석이 내 마법은 그대로 따라 한다라…….

내 마법이 그렇게 좋아 보였나?

천민이 싫으면 천민이 구현하는 마법도 멸시하고 폄하하는 게 당연한데 또 그건 아니다.

딱 코에 걸면 코걸이, 귀에 걸면 귀걸이 마인드를 가진 영악한 학생으로 보였다.

하지만 한 번 본 마법을 그대로 따라 할 수 있는 재능은 없었다.

겨우 응축시킨 파이어 슈라우드를 페가수스를 향해 날렸다.

펄럭-!

그와 동시에 페가수스는 날갯짓 한 번으로 아주 가볍게 하페르트의 마법을 튕겨 냈다.

퍽!

"끄억!"

페가수스가 튕겨 낸 마법은 하페르트의 가슴을 강타했고, 하페르트는 몇 발자국 뒷걸음질 치며 엉덩방아를 찧었다.

자신이 구현한 마법에 자신이 당하는 뭣 같은 기분.

하페르트는 아마 오늘 그걸 처음 느꼈을 것이다.

그것도 그렇게 무시하는 천민 마법사에게.

"그래, 해보자 이거지?"

독기가 바짝 오른 하페르트는 다시 파이어 슈라우드를 구현하고 응축하기 시작했다.

'숙련도가 하나도 없어. 저럴 바엔 파이어볼 몇 개를 구현해서 날리는 게 훨씬 묵직하겠어.'

아무리 강한 마법을 새롭게 알게 됐다고 한들, 숙련도에 따라 그 위력은 극과 극을 달린다.

이를테면 숙련도를 수치화해 10까지 있다고 치자.

하페르트는 수업 때문에 하기 귀찮고 싫어도 기계적으로 구현했던 파이어볼의 숙련도는 이미 10이 되어 있을 것이다.

반면 어제 나한테 한 번 당하고 따라 하는 저 변형된 파이어 슈라우드는 숙련도 1도 채 되지 않는다.

계속 저 마법을 고집하는 건 하페르트에게 있어서도 패인을 더욱 확고하게 만드는 일이다.

"으아아아!"

내 예상대로 하페르트가 마법을 구현하는 족족 키에나의 페가수스는 날갯짓 한 번으로 가볍게 전부 튕겨 냈다.

'마법의 숙련도도 숙련도인데……. 이건 하페르트가 무조건 지겠어. 결정적으로 소환사를 상대하는 법을 몰라.'

둘의 대련을 보면서 내가 내린 결론이다.

하페르트가 자신 있는 마법으로 공격한다고 해도, 그는 절대로 키에나를 이길 수 없었다.

소환사가 원소사보다 약하다고 평가받는 가장 큰 이유.

바로 소환수인 신물이 아닌 본체인 소환사가 무방비이기

때문이다.

아무리 강한 신물을 소환한다고 한들, 본체만 제압해 버리면 무용지물이 되기 때문에 소환사가 가진 고질적인 한계라고 볼 수 있다.

원소사에 비하면 자신의 몸을 보호할 수 있는 수단이 한정적이기 때문이다.

하지만 하페르트는 제 마법이 통하지 않는 당혹감에 사로잡혔는지, 키에나가 소환한 페가수스에만 온 마법을 쏟아붓는 중이다.

'저렇게 되면 하페르트의 마나만 계속 소모되고 키에나는 뒤에서 지켜보는 꼴이야. 소환사의 약점은 소환사 그 자체. 신물은 무시하고 소환사를 노려야지.'

물론 지금이 1클래스이기 때문에 어떻게 보면 아무리 가문의 마법사라고 한들, 소환사 상대법을 모를 수 있다.

애초에 원소사는 경쟁 상대를 같은 원소사로 잡기 때문이다.

그가 가문에서 받은 교육이 있다면 전부 원소사를 상대로 적합한 대응 방식이겠지만, 소환사인 키에나에겐 아무런 효력이 없다.

"허억…… 허억……."

하페르트가 마법을 쏟아붓고 약 3분이 지났을 때였다.

눈이 슬슬 풀렸고, 이마엔 땀이 맺혀 있었다.

마나를 한계에 가까운 수준으로 사용했다는 증거다.

'끝났네.'

하페르트가 마지막 안간힘으로 어떤 마법을 구현하려고 했지만, 그 직전 키에나의 페가수스가 하페르트의 측정기를 향해 발을 내리찍었다.

콰직!

페가수스의 발이 하페르트를 향해 내려찍힌 순간, 하페르트의 측정기는 그대로 부서졌다.

신물의 주인인 키에나는 물론, 하페르트도 눈앞에 놓인 결과를 금방 받아들이지 못했는지 넓은 대련장은 정적으로 가득했다.

둘만이 아닌, 둘의 담당 교사 카뉴와 에버까지도 똑같이 당황한 표정이었다.

난 슬쩍 니드의 표정을 확인했다.

그녀도 카뉴, 에버의 표정과 다를 건 없었다.

"……의외의 결과군요. 첫 대련은 소환 과목의 승리입니다. 불 원소 학생 하페르트는 곧장 자리로 돌아가세요."

그래도 교수라는 직급이 있어서 그런지, 금방 냉정함을 되찾고 대련을 진행했다.

[점수판]

–소환 : 1(1)

니드의 선고와 같은 진행에 점수판엔 변동이 일어났고, 공식적으로 키에나와 하페르트의 대련이 끝났음을 알렸다.

승자는 키에나.

제법 충격적인 결과에 하페르트는 물론, 에버와 다른 원소 학생들까지 믿을 수 없다는 표정이었다.

그건 승자인 키에나도 똑같은 반응이었다.

이 대련이 열리기 전까지, 혼자 소환 마법만 연습했지 대인전은 처음이니 현재 자신의 마법이 1클래스에서 얼마나 강한지 가늠도 못 했을 터.

'내 마법이 이 정도라고?'라고 생각하고 있을 거다.

키에나는 이제 자신감을 되찾았는지 표정이 금세 밝아졌다.

그러곤 2층 원소석에 있는 밴시, 헤이, 나를 번갈아 보면서 눈만 웃으며 고개를 끄덕였다.

난 조용히 엄지만 치켜세워서 보여 줬다.

"하페르트 학생은 올라가세요."

"자, 잠시만요! 제가 잠깐 실수해서 그래요! 다시 해 봐야겠어요!"

역시나 하페르트는 결과를 쉽게 받아들이는 모습이 아니었다.

하페르트는 말도 안 되는 억지를 부리기 시작했다.

첨벙!

갑자기 하페르트의 발밑에서 작은 파도가 일렁이더니 그를 2층 원소석으로 날려 버렸다.

'역시나, 그런 변명이 통할 리가 없지.'

"학생은 교수의 말에 토를 달지 않습니다. 자, 바로 다음 대련으로 넘어가죠."

'그래도 지금 상황에선 깔끔한 진행이네. 나쁘지 않아.'

[점수판]

소환 : 5(5)

키에나는 다른 과목의 학생을 차례차례 격파해 나갔다.

5연승.

어둠 원소를 제외한 모든 학생을 완벽하게 제압했다.

대련에 임하는 키에나를 보면서 한 단어밖에 떠오르지 않았다.

'예상 밖의 혼란'.

본래 내 계획은 변경된 교칙을 역으로 이용해 어둠과 불 원소를 왔다 갔다 하며 두 과목의 학생들을 상위권으로 올려놓는 것이었다.

아니, 고정시키는 거다.

불과 어둠 원소만 상위권에 있으면 페널티는 두 과목에 고정이고, 아직 생각의 깊이가 얕은 어린 학생들에겐 혼란만 있을 것.

그렇게 생각한 근거는 하페르트의 패거리만 봐도 쉽게 알 수 있었다.

그러니 어제 나를 따로 불러 어둠 원소석으로 가라고 협박 같지도 않은 협박을 하지 않았는가?

게다가 하페르트는 일부러 대련에서 질 생각도 하고 있었다.

다만 상대가 키에나라서 천민에게는 절대 지지 않겠다는 생각으로 임했고, 예상외의 결과가 나왔을 뿐이다.

내가 불과 어둠 원소를 왔다 갔다 하면 두 과목의 학생들이 가진 포인트의 격차가 줄어들어 순위가 시간 단위로 변동될 거니까.

그런데 나조차도 예상 못 한 키에나의 성장으로 인해 내 계획이 한층 더 견고해진 느낌이다.

키에나가 거둔 5연승의 과정을 보면 적어도 1클래스 내에서 그녀를 대적할 만한 마법사는 나와 밴시밖에 없는 것으로 생각된다.

따라서 상위 1, 2, 3위는 불, 어둠, 소환으로 고정된다는 뜻이기도 했다.

씨익.

'키에나 덕분에 상황이 재미있게 흘러가네?'

내 눈으로 판단했을 때, 1클래스 상위 학생은 밴시와 키에나밖에 없다.

헤이 역시 성장하긴 했지만, 아직 완성된 실력을 내 눈으로 직접 보지 못해서 판단할 순 없었다.

그래도 불 원소 수업에서 보인 그의 성장은 키에나와 버금가는 수준이라고 생각한다.

재능이라곤 몸이 나이에 비해 과하게 튼튼한 것밖에 없는 헤이였다.

그런데 에드 가문의 마법서를 우연히 손에 넣은 후로 갑자기 재능을 보였다.

나는 그 점이 의아하긴 했지만, 적어도 1클래스에선 문제없는 실력이라고 판단되니 걱정하지 않아도 괜찮을 것이다.

생각하는 사이, 다음 대련이 추첨되었다.

이제 차례는 내가 속한 어둠 원소.

그리고 추첨된 학생은 공교롭게도…….

[아르텔]

내 차례가 되었다.

난 천천히 일어나 밑으로 내려가, 키에나와 어느 정도 거리를 두고 섰다.

"키에나, 대단한데?"

"헤헤, 아르텔이라고 해도 안 봐줄 거야!"

5연승을 거두며 자신감이 확실히 붙었다.

그저 페가수스 하나만 소환해 놓고 가만히 있었는데 상대하는 학생들이 알아서 자멸한 수준이니 대련하는 이 시간이 재미있게 느껴질 것이다.

"그건 나도 마찬가지야."

하지만 1위는 내가 있는 어둠 원소다.

이건 양보할 생각이 없다.

나도 어디까지나 내 계획이 있으니까.

그렇게 나와 키에나의 대련이 시작되었다.

키에나는 시작과 동시에 페가수스를 소환하고 의기양양한 표정으로 나를 바라보았다.

'본체가 무방비라 본체에 공격 한 방이면 끝나지만…….'

난 소환 마법을 모르더라도, 적어도 소환사를 어떻게 상대해야 하는지는 지옥 같은 경험을 통해 잘 알고 있었다.

마법 사회 역사상 최강이자 최악이라고 평가받았던 어둠 원소사이자 소환사인 더블 캐스터 사일러드.

검사들과 손을 맞잡고 싸웠던 약 450년 전의 보름달 전투.

거기에서 살아남은 사람이다.

하지만 공격을 강행하기 전, 난 2층 원소석을 힐끗 쳐다봤다.

지금 이 대련을 지켜보는 교사, 학생의 수만 합해도 서른 명이 족히 넘는다.

교사들은 소환사의 약점을 잘 알고 있을지 어떨지 모르겠지만, 적어도 학생들은 전혀 모른다.

내가 여기에서 키에나의 몸을 공격해 버리면 소환사의 약점이 본체라는 걸 공짜로 알려 주는 셈이니 그건 피하는 게 좋겠다는 생각이 들었다.

'그래야 1클래스는 무난히 넘길 것 같아.'

그렇다면 내가 내린 결론은 하나.

내 마법으로 키에나가 소환한 신물을 제압하는 것뿐이다.

'자, 무슨 마법이 좋을까?'

너무 상위 서클 마법을 구현해선 안 된다.

적당히 강력한 마법이면서, 활용법만 다른 마법.

과연 어둠 원소 1클래스 중에 그런 마법이 뭐가 있을지 고민하던 찰나, 키에나가 소환한 페가수스가 붉은 천을 향해 내달리는 소처럼 나에게 맹렬하게 돌진하기 시작했다.

'먼저 이렇게 나와 준다면, 나야 고맙지.'

그 순간 적당한 마법이 떠올랐다.

"스피어 월(Speer Wall)."

내 몸을 가려 주듯, 키에 딱 맞춰 형성된 얇은 검정색 벽.

그리고 키에나의 페가수스가 내게 반경 약 20cm 정도로 접근했을 때.

푸슈슉-!

검은 벽에서 무수히 많은 송곳들이 솟구쳐 나와 페가수스의 몸을 난자했다.

송곳들은 페가수스의 몸체를 전부 뚫었고, 고통에 몸부림치던 페가수스는 이내 생명력 전부를 잃었는지 바람에 흩날리는 모래처럼 서서히 사라졌다.

"아……?"

키에나는 페가수스가 한순간에 사라지자 의기양양한 표정도 찾아볼 수 없게 되었다.

스피어 월은 투사체나 물체가 일정 반경으로 다가오면 자동적으로 반응하여 송곳이 튀어나오는 방어용 마법.

난 아직 1클래스 학생이라는 신분을 감안해 일부러 최저로 낮춘 것이지만, 본래는 구현하는 마법사의 역량에 따라 먼지와 같은 아주 작은 물체도 감지하며 감지 반경도 늘어난다.

어둠 원소 전용 마법도 아니라서 모든 원소가 구현할 수 있으며, 솟아나는 송곳이 원소사의 원소에 따라 그 속성이 바뀔 뿐인 단순한 마법이다.

하지만 상황에 따라 이렇게 공격적으로도 사용할 수 있다.

"미안, 키에나. 안 봐준다고 했잖아."

그리고 스피어 월을 발로 밀듯이 차, 키에나에게 보냈다.

지면을 미끄러지듯 달리는 스피어 월은 멈출 생각을 하지 않았고, 키에나는 적당한 대응 방법을 생각하지 못한 채 눈을 감고 몸을 잔뜩 움츠리기에 이르렀다.

난 스피어 월에 눈이 달린 듯, 현재 키에나와 얼마나 떨어진 거리에 있는지 알 수 있다.

이것도 숙련도에 따라 얻을 수 있는 능력이라 할 수 있다.

'조금만 더.'

스피어 월이 좀 더 키에나에게 가까워지길 기다렸고, 반경 20cm에 들었을 때, 키에나의 몸에 있는 측정기만 건들 수 있도록 송곳 하나만 솟아나게 했다.

푸슛!

퍼석!

송곳이 정확히 측정기를 건드렸고, 성공적으로 부순 순간에…….

[점수판]

소환 : 5(5)

어둠 : 1(1)

점수판이 변동되며 공식적으로 그녀와의 대련은 끝이 났다.

"키에나 학생, 올라가세요."

"아…… 네."

니드의 진행이 이루어지자 키에나는 여전히 움츠러든 어깨를 보이며 원소석으로 올라가기 시작했다.

'너무 과했나.'

그렇게 의기양양하던 키에나가 한순간에 저런 무기력한 모습을 보이니 괜히 마음이 불편해졌다.

나한테 지는 건 당연하다.

하지만 그녀는 그 당연한 것을 모르니, 혹여라도 사기라도 꺾이진 않을까 걱정됐다.

키에나는 나에게 있어서 조커 카드.

괜히 사기라도 꺾여 소환 마법에 영향이라도 가면 곤란해진다.

마법사에게 있어 무엇보다 가장 중요한 것은 마법사의 정신 상태, 멘탈이다.

마법사의 마법은 현재 자신의 멘탈 상태를 나타내는 하나의 지표라고도 볼 수 있다.

앞으로 키에나의 역할도 중요하니, 너무 주눅 들지 않도록 격려의 말을 남겼다.

"어휴, 키에나 이기기 정말 힘드네!"

키에나는 묵묵히 걸어가다가 잠깐 발걸음을 멈췄다.

그러곤 무언가를 곰곰이 생각하는 것 같더니, 이내 나를 돌아보고 한층 밝아진 표정으로 한마디를 했다.

"다음엔 안 질 거야!"

"무서운데?"

역시, 다른 학생은 가볍게 제압했던 페가수스가 너무 허무하게 사라지니 마음의 상처가 조금 큰 듯했다.

그래도 내 말 한마디에 곧장 저렇게 회복한 모습을 보이니 다행이었다.

키에나는 당당히 걸어 2층 원소석으로 올라갔다.

그녀가 원소석에 도착하자 담당 교사 카뉴는 활짝 웃으며 그녀의 어깨를 토닥였다.

말소리가 제대로 들리진 않았지만, 입 모양만 봐도 '정말 잘했습니다.'라고 말하고 있다는 것을 알 수 있었다.

소환 과목에서 이례적인 성적을 거뒀으니 담당 교사도 뿌듯한 모양이다.

'자, 다음은 불 원소 차례구나. 개인적으로 헤이가 추첨됐으면 좋겠는데.'

헤이의 실전 능력이 얼마나 성장했는지 가늠할 수 있는 시간이었다.

난 얌전히 니드의 추첨이 시작되길 기다렸다.

아르텔이 스피어 월이라는 마법 자체를 발로 차서 키에나에게 보낸 그 순간, 월피스는 고개를 연신 갸웃거렸다.

'저런 활용법은 도대체 어디에서 배운 거지? 내 가문은 물론, 그 어떤 서적에도 설명된 적이 없는데.'

단순 방어, 반사 마법을 저렇게 활용할 생각을 했다는 게 의아했다.

그것도 고작 열네 살짜리 1클래스 학생이.

'저번 대련에서 파이어 슈라우드를 장갑화한 것도 그렇고. 상식을 깨는 행동의 연속이라?'

그의 의심은 점점 더 깊어졌다.

"자, 다음 추첨 시작합니다."

그 순간, 니드의 진행이 시작되었다.

'나머지 대련도 지켜보자. 오늘 대련으로 감시 등급을 격상해야 할지도 모르겠군.'

[헤이]

내가 바라던 대로 불 원소에선 헤이가 추첨되었다.

'좋아.'

헤이는 다소 긴장한 모습으로 완드를 챙겨 들어 1층 대련장으로 내려왔다.

"헤이, 너도 안 봐줄 거야."

헤이는 대답 대신 완드를 내게 겨눴다.

여전히 긴장한 모습이지만, 그래도 의욕은 있는 모습이다.

"시작."

니드는 딱딱한 진행의 말만 남기고 몇 걸음 물러섰다.

"나도 전력으로!"

헤이는 곧장 자신이 구현할 수 있는 마법 전부를 구현하기 시작했다.

화르륵—!

'오호? 한 번에 두 가지 마법?'

1클래스에서 두 개의 마법을 동시에 구현하는 건 놀라운 일은 아니지만, 헤이가 불 원소 학생 중 가장 진도를 소화하지 못했다는 것을 생각하면 실로 놀라운 발전이다.

더군다나 저런 모습은 평소 수업 시간에 보였던 모습도 아니다.

혼자 그 좁은 기숙사에서 얼마나 연습했을지 눈에 훤히 그려졌다.

헤이가 구현한 두 가지 마법은 각각 파이어볼과 파이어 슈라우드.

'혹시, 파이어 슈라우드는 방어용으로 사용하고 파이어볼로 공격하겠다, 이런 생각인가?'

직접 확인해 보면 되지.

난 곧장 어둠 원소에서 이름조차 없을 정도의 아주 기초적인 마법을 구현했다.

작은 검은 구체 하나.

내가 환생한 직후, 0클래스 기숙사에서 혼자 시험하던 그 작은 구체다.

'과연.'

은근히 설레는 마음으로 헤이에게 가볍게 검은 구체를 던져 봤다.

검은 구체는 헤이에게 빠른 속도로 다가가다가, 그의 파이어 슈라우드에 막혔다.

그리고 그 순간이었다.

파이어 슈라우드 뒤에서 파이어볼이 대포가 발사되는 것처럼 빠른 속도로 내게 날아왔다.

난 황급히 몸을 옆으로 틀면서 피했다.

'설마 했는데 정말 이렇게 활용할 줄이야. 살짝 충격인데?'

이것도 그간 수업에서 알려 준 적이 없는 활용법이다.

헤이도 의외로 활용법에 대해선 누가 알려 주지 않아도 혼자서 새로운 길을 개척하는 능력을 가졌던 것이다.

'그렇다고 져 줄 생각은 없으니까.'

난 미리 헤이의 파이어 슈라우드에 박아 놓은 검은 구체를 터트렸다.

화르륵-!

헤이의 파이어 슈라우드는 과일이 터질 때, 과즙을 여기저기 흩뿌리는 것처럼 사방으로 옅은 불줄기를 터트리며 상당 부분 사라졌다.

그러자 파이어 슈라우드에 가려졌던 헤이의 얼굴이 보였다.

"하아…… 하……."

숨을 거칠게 쉬고, 눈가에 전류라도 흐르는 듯한 비정상적인 깜빡임.

상당히 지쳤다는 신호다.

별로 한 것도 없는데 저렇게 지친 건 두 가지 마법을 실전에서 동시에 구현한 게 오늘 처음이라는 것.

그래서 생각 외로 많은 마나 소모에 금방 지쳐 버린 것이다.

저 상태라면 시간을 조금만 끌면 자동적으로 내 승리.

하지만 그러고 싶은 마음은 전혀 들지 않았다.

타일런트나 사일러드와 같이 내 주적도 아니고 친구이지 않은가.

도전의 마음으로 전력을 쏟아붓는데 시간만 질질 끌며 승리를 취하는 건 전직 대마법사라는 명성에 먹칠을 하는 것처럼 느껴졌다.

"헤이, 계속할 수 있겠어?"

"후우…… 물론이지."

대답은 힘이 없었지만, 헤이는 부서진 파이어 슈라우드를 금세 복구했다.

"간다, 헤이."

헤이는 말없이 반쯤 풀린 눈으로 그저 날 응시할 뿐이었다.

대답할 힘도 없다는 뜻인지, 아니면 대답하는 데에 정신 집중을 빼앗기기 싫다는 뜻인지는 모르겠지만 그 시선 하나만으로 충분한 대답이라고 생각했다.

난 키에나를 상대할 때 소환했던 스피어 월을 다시 구현했다.

이전과 차이가 있다면, 전처럼 벽의 형태가 아닌 검사들의 갑옷처럼 왼쪽 팔만 감쌀 수 있는 토시의 형태라는 점일 것이다.

"저건 또 뭐야……?"

"저번에 파이어 슈라우드를 장갑으로 만든 거랑 비슷한 건가……?"

2층 원소석에서 들린 학생들의 목소리다.

난 아랑곳하지 않고 헤이를 공격하기 위해 여전히 이름조차 없는 기본 중 기본 마법, 검은 구체를 두 개 구현했다.

그리고 정직하게 헤이의 정면만 노렸다.

굳이 정면만 노린 이유는 바로 파이어 슈라우드가 있는 위치였기 때문이다.

파이어 슈라우드는 구현만 해 놓고 가만히 있는다고 상대의 마법을 막아 주는 게 아니다.

상대의 마법이 자신의 파이어 슈라우드에 부딪히는 그 순간, 다시 정신을 집중해야 비로소 상대의 공격 마법을 무력

화할 수 있다.

그것만으로도 1클래스인 지금 상태에선 엄청난 정신력이 소모된다.

괜히 파이어 슈라우드가 1클래스 마법 중 최강이라고 불리는 게 아니다.

최강의 기준이란, 단순한 위력이 아닌 구현의 난이도를 뜻한다.

게다가 헤이는 그런 상황에서 내 마법을 방어하며 역으로 공격까지 하고 있어 평소 연습한 것에 비하면 몇 배에 달하는 정신력을 소모하는 중이니, 마나가 고갈되는 시기가 빠르게 찾아올 수밖에 없다.

내 검은 구체가 헤이의 파이어 슈라우드에 막히면, 기계처럼 헤이의 파이어볼이 측정기가 있는 부위로 날아들었다.

그럴 때마다 나는 스피어 월을 감싼 팔로 날아오는 헤이의 파이어볼을 방어했다.

키에나의 페가수스처럼, 20cm 정도의 반경 안으로 들어오면 즉시 반응하여 송곳을 뱉었고 헤이의 파이어볼은 신기루가 사라지는 것처럼 소멸했다.

그렇게 서로 가만히 서서 마법 공방을 펼치기 시작한 지 3분도 되지 않았을 때였다.

털썩.

"하…… 후우…… 하……."

헤이가 동시에 구현한 두 마법이 갑자기 사라지며 그는 무릎을 꿇었다.

그리고 아까보다 더 거친 숨을 짧은 간격으로 내뱉기 시작했다.

'번아웃?'

마법사에게 있어 번아웃이란 현상은 절대 좋은 징조가 아니다.

게다가 헤이 같은 초급 마법사라면 더더욱 그렇다.

왜냐하면 마나를 한계 이상으로 사용해 몸까지 움직일 수 없는, 쓰러지기 직전의 상태를 뜻하기 때문이다.

이 상태에서 무리하게 마법을 더 구현하려 했다간, 뇌에 치명적인 무리가 가 혼수상태에 빠질 수도 있어, 매우 위험하다.

거기에서 재수 없으면 뇌사다.

숙련된 마법사들이야 자신의 상태를 잘 파악하고 번아웃이 오기 전에 중단하지만, 아직 1클래스인 헤이는 그럴 능력이 없기 때문에 제법 위험한 순간이었다.

덩달아 나도 긴장되었다.

"아르텔 학생, 잠깐 멈추세요."

니드도 헤이의 상태를 곧장 파악하고 대련을 잠시 중지했다.

'난 가볍게 생각한 대련인데, 헤이는 그게 아니었나…….'

무슨 목적으로 임했길래 번아웃이 올 정도로 자신의 마나를 쏟아부은 것일까?

내심 그게 궁금했다.

한편, 헤이의 상태를 살피던 니드는 2층 원소석을 바라보며 담당 교사 에버를 호출했다.

에버는 황급히 내려와 헤이를 부축했지만, 헤이는 몸에 힘이 아예 들어가지 않아 휘청거려 제대로 부축도 되지 않았다.

"양호실로 옮기도록."

"알겠습니다, 교수님."

그렇게 헤이는 에버의 등에 업혀 대련장을 빠져나갔다.

[점수판]

–소환 : 5(5)

–어둠 : 2(2)

공식적으로 헤이와의 대련이 끝이 나면서, 점수판도 변동이 이루어졌지만, 내가 여태껏 거둔 승리 중 가장 불편한 승리였다.

"바로 다음 추첨 갑니다."

니드는 학생이 번아웃에 빠진 게 사소하다고 받아들였는지, 곧장 다음 대련을 진행했다.

[점수판]

−어둠 : 9(9)

−소환 : 5(5)

"다시 한 바퀴 돌아, 불 원소 차례가 되었군요."

어둠과 소환을 제외하면 전부 0승인 상태.

게다가 마법 대련은 과목마다 세 명의 학생만 나올 수 있다.

선발로 나선 소환 과목은 이미 세 명의 카드가 전부 소모되었기에 5승으로 마무리되었다.

니드가 불 원소 학생을 추첨하는 사이, 난 잠시 생각에 잠겼다.

'이대로 불 원소까지 제압하고 다시 18연승으로 1위를 차지하는 건 의미가 없어.'

이유는 다른 과목과의 포인트 격차가 상당히 크기 때문이다.

교칙이 바뀌고, 지난 한 달의 생활만 보더라도 여전히 저번 대련에서 1위였던 불 원소 학생들이 압도적으로 많은 포인트 보유로 전부 상위권에 분포되어 있다.

애초에 내 계획은 오직 고정되어 있는 상위권을 흔드는

것.

따라서 1위는 어둠 원소가 하되, 2위, 3위 과목들과 포인트 격차가 크지 않아야 한다.

[밴시]

그 순간 니드는 추첨을 마쳤고, 난 허공에 뜬 그 이름을 보면서 희망을 찾은 듯했다.

'운 한번 좋네.'

밴시가 불 원소 마지막 주자로 나와 준다면, 사용할 수 있는 마법 하나가 있다.

그렇게 난 밴시가 내 앞에 서길 기다렸다.

척!

"뭐야?"

밴시는 내 앞에 서자마자 자신의 도구인 스태프로 나를 겨눴다.

"나도 안 봐줄 거지?"

"당연한 걸 왜 물어?"

내 답을 들은 밴시는 잠시 무언가를 생각하더니 이내 고개를 끄덕이며 한마디를 남겼다.

"좋아, 그럼 안심하고 나도 전력으로 나가면 되겠네."

"얼마든지."

'그래야 내 계획이 완성되거든.'

난 지금부터 승부를 조금 조작할 생각이었다.

그렇게 시작된 대련.

밴시는 곧장 스태프를 허공에 그림 그리듯, 휘둘렀다.

화르륵!

화륵!

스태프의 궤적을 따라 무수히 많은 불줄기가 공중에 띄워졌다.

'이건 무슨 마법이냐?'

나도 본 적이 없는 마법이니 밴시가 따로 개발한 그녀만의 마법이다.

예상대로 그녀도 나처럼, 철저하게 1클래스라는 제약 속에서 기량을 마음껏 발휘하는 중이다.

'처음 보는 마법에 섣불리 움직이지 않는다. 저 마법이 어떤 효과를 가지고 있는지 파악하기 전까지.'

단순히 서클로만 놓고 보면 밴시도 내 상대는 전혀 되지 않지만, 그렇다고 방심도 금물이다.

난 헤이를 상대했을 때와 똑같이, 스피어 월을 토시 형태로 만들고 왼쪽 팔에만 감쌌다.

하지만 대련 구도는 다르다.

밴시에게 가깝게 접근하기 위해 냅다 달렸다.

내가 뜀박질을 한 순간, 다시 2층 원소석은 술렁였다.

본래 마법사와 마법사의 대련이라는 건 서로 가만히 서서 마법으로만 겨루는 것.

이렇게 검사처럼 몸을 직접 움직이며 대련하는 방법 따위는 그 어디에도 존재하지 않는다.

하지만 난 꼭 그렇게 해야만 하는 이유가 있었기에 뛰기 시작한 것이다.

“또 뭘 보여 주려고?”

밴시는 달리는 날 향해 그림을 그리듯 난잡하게 구현한 불줄기들을 날렸다.

‘이런 식으로 활용할 생각이었구나. 파이어 슈라우드의 변형이라고 봐야 하나.’

그리고 그제야 난 밴시가 구현한 마법의 정체를 알 수 있었다.

파이어 슈라우드는 본질만 놓고 보자면 단순한 방어 마법.

하지만 밴시는 그런 파이어 슈라우드를 얇은 실처럼 찢어 허공에 흩뿌리면서 일부는 방어, 일부는 공격으로 사용할 수 있게끔 변형한 것이었다.

그렇게 밴시의 마법을 왼팔로 헤치며, 그녀의 몸이 있는 곳으로 점점 더 빨리 다가갔다.

밴시의 표정은 상당히 복잡해 보였다.

내가 도대체 무슨 생각을 하는지, 뭘 노리고 이렇게 다가오는 것인지, 혼자서 아무리 생각해도 해답을 얻을 수 없어

덩달아 머리도 복잡해지고 그 여파로 날 공격하는 마법의 위력도 조금씩 약해지고 있음이 느껴졌다.

밴시와의 거리가 얼마 남지 않았을 때, 나는 검은 구체를 손가락 사이에 낄 수 있을 정도의 작은 구슬 형태로 다섯 개를 구현하고 밴시에게 던졌다.

퍼버벙—!

구슬은 그녀의 마법과 닿는 동시에 검은 연막을 뿌리며 터졌다.

일부러 시야를 가리기 위해 사용한 마법이다.

그 짧은 틈을 놓치지 않고 숨까지 참으며 난 더 힘껏 달렸다.

드디어 밴시가 스피어 월 반경에 들어왔고, 왼팔에선 무수히 많은 송곳이 튀어나와 밴시의 오른쪽 팔을 찔렀다.

푹—!

'밴시! 내 말 들리지?'

'어……? 이거 설마……?'

'다행이네, 너도 플레우드 원소사니까 사용할 순 없어도 이 마법이 뭔지는 알고 있었구나.'

내 스피어 월이 밴시의 몸을 찌른 그 순간, 난 하나의 마법을 구현했다.

'링킹(Linking)……?'

'맞아.'

플레우드 원소의 고유 마법이자 10서클 대마법사 수준의 마법 링킹.

시전자의 마법이 상대의 몸에 연결된 순간, 시전자는 대상의 정신에 들어갈 수 있는 마법이다.

따라서 나와 밴시는 지금 머릿속으로 대화를 이어 나가는 중이다.

내가 던진 다섯 개의 구슬에서 나온 연막 덕에 아직 남들에게 모습이 보이지 않는다.

하지만 연막은 금방 걷힐 것이니, 이 찰나의 순간을 이용하여 모든 걸 설명해야 했다.

적어도 밴시는 내 계획을 의심하지 않고 그대로 따라 줄 사람이라는 걸 믿어 의심치 않으니까.

'밴시, 일단 시간이 없다. 난 이번 대련에서 너한테 져야 해. 할 수 있지?'

'제가 대마법사님을 무슨 수로 이깁니까?'

머릿속으로 둘만의 대화를 이어 간다는 걸 깨달은 순간, 그녀는 다시 존댓말로 돌아왔다.

'다 방법이 있어. 이 연막이 걷히는 순간, 네 마나를 이용해서 메테오에 버금가는 파이어볼 하나를 구현할 거야. 가능하겠어?'

'전…… 그런 대형 마법을 구현한 적이 없습니다. 게다가 메테오면 보주화와 맞먹는 불 원소 9서클 수준이 아닙니까?'

'말했잖아, 메테오를 구현하는 게 아닌 크기만 비슷한 파이어볼을 구현하는 거라고.'

'아무리 그렇다 한들, 전 그런 대형 마법을 구현한 적이 없다고 하지 않았습니까?'

'구현은 내가 해. 링킹 상태니까. 그러니 정신 단단히 차려. 까딱하다간 아무리 너라도 쓰러진다.'

'그런 게 가능합니까? 아무리 링킹 상태라고 하더라도 그런 게 가능하다는 소린 못 들었는데…….'

아무래도 링킹의 진정한 효과를 제대로 모르는 듯했다.

말 그대로 대상의 정신에 침투하는 마법이기에, 대상의 정신을 이용해 마법도 구현할 수 있다.

마법이란 본래 정신력, 그 안에 내재되어 있는 자원인 마나로 구현하는 것이니까.

이건 니드가 일전에 라믹의 마법에 자신의 빙결 마법을 추가한 것과는 본질적으로 다른 마법이다.

'내가 누군데.'

'……아.'

이제 연막이 슬슬 걷혀, 내 시야에도 2층 원소석의 실루엣이 드러나기 시작했다.

'거기에서 끝이 아니야. 승부 조작이 조금 필요해.'

'어떤 조작이고 어떻게 하면 됩니까?'

밴시도 상황을 파악하고, 실용적인 질문만 했다.

'날 이긴 후, 6승으로 불 원소를 2위로 만드는 것. 그거면 된다.'

'굳이 6승인 이유라도 있습니까?'

'소환 과목이 현재 5승이잖아. 소환 과목도 3위로 만들 생각이야.'

'알겠습니다.'

그 짧은 설명으로 밴시는 어느 정도 내 계획을 파악한 듯했다.

그리고 연막이 이제 제구실을 못 할 정도로 희미해질 때였다.

'밴시, 준비됐나? 이제 시작할 거야.'

'예.'

'좋아. 그리고 찔린 상태로 가만히 있지 말고 연기 좀 해. 만에 하나라는 게 있잖아. 교수나 교사는 내가 대신 구현하는 거라는 걸 눈치챌 수도 있으니까.'

'알겠습니다.'

'그래, 우리 밴시의 연기력 좀 보자고!'

그렇게 연막이 완전히 걷힌 순간이었다.

"피잖아?"

2층 원소석에서 들린 어느 학생의 목소리.

내 스피어 월에 찔린 밴시의 팔에서 피가 뚝뚝 떨어지는 중이다.

학생들의 반응만 보자면 대련 중에 유혈 사태가 일어나는 게 아무래도 처음이었던 것 같았다.

하지만 그런 사소한 소음에 신경 쓸 때는 아니다.

'시작한다! 밴시!'

'알겠습니다!'

그렇게 밴시의 마나를 이용해서 나와 밴시 사이에 거대한 파이어볼을 구현하기 시작했다.

동시에 밴시는 연기에 들어갔다.

"지금 안 떨어지면 큰일 날걸."

"그래? 그 큰일, 한번 구경해 보고 싶은데?"

"마음대로 해. 난 분명히 경고했으니까."

'즉흥적으로 생각한 연기치곤 훌륭한데?'

'감사합니다.'

나와 밴시 사이에 구현된 파이어볼은 풍선에 바람이 들어가는 것처럼, 기하급수적으로 거대해지기 시작했다.

하지만 온전히 100% 밴시의 마나로 구현하는 건 무리였을까?

밴시는 헤이가 지쳤을 때 보인 비정상적인 눈 깜빡임을 보였다.

거기에 더 나아가 어금니까지 꽉 물며 정신을 집중하는 중이다.

조금 위험한 상태다.

역시, 상위 서클의 마법을 제대로 구현해 본 적이 없는 상태에서 행한 다소 무리한 시도였다.

이대로 몇 초만 더 지나면 계획이 완전히 틀어질지도 몰랐다.

난 다급하게 밴시에게 물었다.

'무리면 빨리 말해. 내 마나를 주입하는 방법도 있으니까. 이 악물고 버티지 마. 여기에서 모든 마나를 다 사용하면 넌 나머지 5승을 못 거두잖아.'

'마나 주입도 가능합니까?'

'물론이지.'

밴시도 뒷일을 생각하고, 마나 주입을 요청했다.

난 곧장 내 마나 소량을 주입해 줬다.

그러자 이내 나와 밴시 사이에 구현되었던 거대한 파이어볼은 우리 둘이 안에 들어갈 수 있을 정도의 크기가 되었다.

'지금이야, 밴시! 스태프로 저걸 터트려! 그러면 불줄기가 나를 공격하게 해 놨으니까!'

'뭐가 뭔지 모르겠지만, 아르키스 님이 시키니까 하는 겁니다!'

'빨리하기나 해!'

"난 모른다! 분명히 경고했으니까! 나중에 딴소리하지 마라?"

밴시가 스태프를 번쩍 들고 내리치면서 말했다.

'그 와중에도 연기를 착실히 하다니. 마음에 들어.'
'……감사합니다.'
그리고 마침내 밴시의 스태프가 파이어볼을 쳤다.
난 눈을 질끈 감았다.
'더럽게…… 아프겠지?'
내 마나까지 섞인 거대한 파이어볼이고, 이걸 방어하지 않고 몸으로 전부 받아 낼 계획이다.
그래야 나의 완벽한 패배고 아무 탈 없이 밴시가 다음 대련을 이어 나갈 수 있으니까.
파아아앙-!
굉음을 내며 터진 파이어볼은 수십 줄기의 불줄기를 내뿜었다.
동시에 그 불줄기는 전부 내 전신을 강타했다.
"어억……!"
사람이 너무 고통스러우면 신음조차도 제대로 나오지 않지 않던가?
불줄기가 내 몸을 마구잡이로 난자한 그 순간, 난 소리 없는 신음을 뱉었다.
동시에 내 몸은 멀리 날아가, 대련장 입구인 대문에 등을 부딪힌 뒤에 땅에 그대로 엎어졌다.
"어억…… 억……."
'너무 아프다. 이런 고통…… 450년 전 보름달 전투에서

사일러드에게 당했을 때랑 비슷……하려나.'

아니다, 생각해 보니까 그때가 훨씬 아팠다.

그땐 정말 죽음이 뭔지 알 것만 같았던 고통이지만, 지금 이건 그냥 아픈 거니까.

하지만…… 덜 아프건 더 아프건 둘 다 똑같이 아픈 거다.

내 피부 표면은 분명히 화상으로 도배되었을 것이다.

내 추측이 사실임을 증명하듯 피부 안에 숨어 있는 근육, 내장까지 전부 뒤틀린 것처럼 고통이 멈출 줄 몰랐다.

그런 와중에 난 필사적으로 밴시가 서 있는 곳을 바라봤다.

"하아…… 하아……."

밴시도 상당량의 마나를 소모했기에, 주저앉아 식은땀을 뚝뚝 흘리고 있었다.

그나마 다행인 건 헤이처럼 번아웃 상태는 아니라는 점이었다.

'잘했어, 밴시.'

그 생각을 끝으로 이제 내 시야는 아무것도 보이지 않았고, 나는 고개를 맥없이 떨어트렸다.

아르텔이 쓰러진 그 순간, 니드를 비롯해 모든 담당 교사들은 잠시 망부석처럼 얼어붙었다.

그런 정적을 먼저 깬 사람은 니드였다.

"뭐 하나! 월피스! 당장 안 내려오고!"

그녀는 비교적 차분하게 사태 수습에 나섰다.

"……."

월피스는 대답을 생략하고 못마땅한 표정과 함께 느긋한 걸음으로 1층을 향해 내려갔다.

니드는 일단 아르텔을 향해 뛰어, 그의 상태를 살폈다.

'화상의 정도가 심해.'

그리고 고개만 슬쩍 돌려 밴시의 상태를 살폈다.

상당히 지쳐 보였지만, 그렇다고 번아웃이 온 것도 아니다.

거기에서 이상함을 느꼈다.

'그 정도 위력의 마법을 구현했는데?'

물론, 니드 자신도 밴시를 오랫동안 봤기에 잘 알고 있다.

밴시는 1클래스에서 누구와도 견줄 수 없는 재능과 실력을 가지고 있는 학생이라는 걸.

그런데 방금 제 눈으로 확인한 결과는 도무지 상식으로 이해할 수 없는 일이었다.

니드는 학생들의 반응을 살폈다.

"아르텔!"

특히 키에나는 당장이라도 난간에서 뛰어내려 아르텔에게 달려올 기세였다.

'일단 보는 눈이 많으니 응급처치라도 해야겠는데. 내키진

않지만…….'
그녀는 급한 대로 물 원소 마법을 이용해 아르텔의 몸을 적셨다.
치유 마법은 아니지만, 적어도 화상을 입은 몸이니 차가운 물로 조금이나마 중화하려는 생각이었다.
"월피스 교사는 당장 양호실로 데리고 가도록."
월피스는 고개만 끄덕이고, 등을 휙 돌렸다.
그 순간, 니드의 호통도 날아들었다.
"대답 안 하나!"
동시에 월피스는 표정이 상당히 불만스럽게 변하며 그녀에게 대꾸했다.
"예."
월피스는 퉁명스러운 대답을 내놓고, 자신의 마법으로 아르텔을 들어 올렸다.
이 대련 전에 에버가 헤이를 업고 부리나케 뛴 것과 상당한 온도 차이가 느껴지는 행동이다.
그렇게 아르텔이 빠져나가자 니드는 밴시 앞에 섰다.
밴시는 여전히 주저앉은 채로 가쁜 숨만 몰아쉬는 중이다.
'음?'
그런데 니드의 의심이 더욱 증폭되는 현상 하나가 있었으니.
바로 대련이 끝난 직후, 식은땀을 줄줄 흘리던 밴시가 이젠 땀을 흘리지 않고 있다는 것이었다.

"밴시 학생."

"네?"

대답은 잘하지만, 이상하게 눈을 마주치지 않고 당황한 목소리였다.

"상태는, 괜찮은가?"

워낙 의심으로 똘똘 뭉친 상태라 평소 학생을 대할 때 경어를 사용하는 그녀에게도 지금만큼은 예외의 순간이 되었다.

"……네. 괜찮습니다."

"정말?"

"네."

여전히 니드는 의심으로 가득한 눈초리다.

밴시도 혹시 들키기라도 할까 봐 초조함에 일부러 땅만 쳐다봤다.

'내가 너무 멀쩡해 보이면 안 돼. 최대한 쓰러질 것 같은 척……!'

자기 최면까지 걸며 최대한 의심을 피하기 위해 노력했다.

이어서 니드는 아르텔의 스피어 월에 찔린 팔을 가리켰다.

"부상을 입었는데, 학생도 양호실로 가야 하지 않나?"

"아, 아니요! 피는 멎었으니까요. 굳이 갈 필요는 없을 것 같은데요……?"

'아르키스 님과 한 약속이 있으니까. 6승은 무조건 거둬야

해. 다 날 믿고 남기신 일이잖아.'

몸이 상당히 지치긴 했지만, 그렇다고 마음껏 쉴 수 없는 이유도 밴시에겐 존재했다.

"계속할 수 있겠어? 이렇게 위력이 큰 마법을 구현했으면 제대로 설 수도 없을 것 같은데."

"물 한 잔만 마시고 쉬면 괜찮을 것 같은데요."

"물?"

"네."

"그 전에 한 가지 물어보고 싶은 게 있는데."

"뭐죠?"

"아르텔을 공격한 그 마법, 무슨 생각으로 구현했지?"

"……."

뜻밖의 질문에 밴시의 생각이 잠시 멈췄다.

"그냥……."

답변이 지체되면 니드가 어느 정도 눈치를 챌 것이라고 생각해, 아무런 말이나 뱉으며 최대한 변명을 생각했다.

그러던 중, 밴시의 눈에 아르텔의 마법에 찔려 상처 입은 자신의 팔이 들어왔다.

"솔직히 기억 안 나요. 저도 찔린 상태라서요. 그냥 이걸 뿌리칠 강한 마법, 그것만 생각하면서 마나를 쥐어짰어요."

하지만 니드의 표정은 여전히 불신으로 가득했다.

"그 구체를 터트리기 전, 아르텔한테 한 말을 보면 무슨 생각을 가지고 구현한 것 같았는데?"

"……제가 무슨 말을 했어요? 피를 처음 흘려 봐서 그런가, 정말 기억이 안 나요. 놀라서……."

그제야 밴시는 니드와 시선을 맞췄다.

두 여자는 한참이나 서로를 응시했다. 먼저 시선을 뗀 쪽은 니드였다.

"물 한 잔이면 된다고 했나?"

"아, 네."

그녀는 이제 대련장 중앙에 서서 진행을 이었다.

"잠시 대련을 중단합니다. 그리고 에버 선생."

"네! 교수님!"

"자네는 밴시 학생에게 물 한 잔 가져다줘. 대련은 약 20분 휴식 후에 재개한다."

"알겠습니다!"

휴식이 결정되자 니드는 다시 한번 밴시를 쳐다보며 생각했다.

'여전히 의심스러운 부분은 많지만…… 별수 있나, 물증이 없는데. 일단은 넘어가야겠어.'

도대체 그 연막 속에서 어떤 일이 있었는지 알고 싶어 미칠 지경이었다.

늘어난 왕따

양호실 특유의 약품 냄새들이 코를 간지럽혔다.

냄새에 이끌려 의식이 조금 차려지자, 가슴 부근에서 화끈하면서도 납덩이라도 얹어 놓은 것 같은 중압감이 느껴져 나는 강제로 눈을 뜨게 됐다.

"하, 왜 아직도 아프지?"

눈을 뜨자마자 반사적으로 뱉은 말이었다.

마침 내가 누운 침대도 창가 쪽이라 오른편엔 큼직한 창문이 있고, 왼편으론 하얀 커튼이 쳐져 있었다.

양호실과 병원의 침대 특유의 그 하얀 커튼이다.

나는 슬쩍 창문을 향해 고개를 돌려 바깥 날씨를 확인했다.

아직 해가 저물지 않은 걸 보니 그렇게 오랜 시간 잠이 들진 않은 모양이다.

"끄응……."

몸을 움직일 때마다 아픈 것도 여전하다.

특히 가슴이 답답한 걸 보니, 굳이 확인하지 않아도 붕대로 똘똘 감싸져 있음을 알 수 있었다.

그렇게 내가 몸을 한 번 움직일 때마다 대략 두 번 이상의 신음을 뱉으며 겨우 침대에 등을 기댄 채 자세를 고쳤을 때였다.

"일어났어, 아르텔?"

왼편 커튼 너머에서 헤이의 목소리가 들렸다.

1클래스 상태에서 번아웃에 빠져 걱정스러웠는데, 목소리를 보니 조금은 회복한 듯했다.

물론, 여전히 힘이 없는 건 마찬가지였다.

"어, 헤이 너는? 번아웃 상태였던 것 같은데 괜찮아?"

"네가 번아웃을 어떻게 알아? 난 오늘 양호 선생님한테 처음 들은 증상이고, 처음 겪은 건데."

"내가 공부를 열심히 했잖아. 본 책 중에 그런 현상을 알려 주는 책이 있었어."

"아, 그래? 마법 구현 방법만 공부한 게 아니었구나."

"뭐, 어쩌다 보니?"

번아웃이라는 현상을 수업 시간에도, 교과서에서도 설명

한 적이 없으니 헤이는 당연히 정식 명칭도 몰랐다.

굳이 알려 줄 필요도 없는 것이, 1~2클래스에 해당하는 초급 마법사가 겪을 수 있는 현상이 아니기 때문이다.

한계까지 마나를 소모하는 것.

이게 말이 쉽지 10대 초반 학생들이 과연 그 한계를 넘어 마나를 사용하는 게 가능할까?

그나마 비슷한 것으로 예를 들자면. 걸음걸이도 갈팡질팡하고 땅이 두 개로 보이는 만취 상태에서 200m쯤을 전력으로 달리기를 하는 것을 상상하면 되겠다.

성인에겐 쓰러질 생각으로 임하면 되는 간단한 문제지만, 어린 1클래스 학생에겐 시도할 엄두도 나지 않는 과제라고 볼 수 있다.

아무래도 헤이가 그런 한계를 돌파할 수 있었던 이유도, 마법사임에도 특유의 단단한 몸을 가진 것이 큰 작용을 한 것 같았다.

"아무튼, 몸은 어떠냐고."

"조금 졸리고…… 힘이 없긴 한데, 아프진 않아. 근데 일주일은 수업에도 들어가지 말고 양호실에서 쉬래."

번아웃을 회복할 수 있는 방법은 딱 하나.

뇌에 과부하가 걸린 것이니 그 뇌를 식혀 주는 방법, 즉 휴식뿐이다.

성인, 4클래스 이상의 마법사에게 번아웃이 오면 하루 이

틀 정도 휴식하면 금방 낫지만, 역시 1클래스 상태인 헤이에겐 일주일이라는 비교적 긴 시간이 필요했던 것이다.

"그런데 아르텔 넌 괜찮아? 온몸이 빨갛게 변해서 죽은 것만 같은 상태였는데."

"어, 괜찮아."

대화가 잠시 끊기고, 침묵이 찾아오려던 순간 나는 헤이에게 묻고 싶은 게 떠올랐다.

"참, 헤이. 묻고 싶은 게 있는데."

"뭔데?"

"나랑 대련할 때. 왜 그렇게 무리한 거야? 번아웃이 올 정도로 말이야."

"아…… 그거?"

이내 헤이는 표정이 무겁게 가라앉으며 답했다.

"그냥. 키에나는 원소사보다 강한 소환사라고 하지, 넌 더블 캐스터지. 이대로 나만 뒤처지면 같이 본교로 못 갈 것 같아서. 키에나는 게다가 5연승이나 했잖아. 그에 비하면 난……."

겉으론 괜찮은 척했지만, 역시 그만의 걱정과 고민을 늘 안고 있었다.

"걱정 마. 오늘 보니까 불 원소에서 널 이길 수 있는 학생은 밴시밖에 없는 것 같던데."

"거짓말이 너무 티 난다."

"정말이야. 두 가지 마법을 동시에 구현할 수 있는 애가 1클래스에서 있었냐?"

"너랑 밴시."

"말고는?"

"으음…… 생각해 보니까 없긴 하네."

"수업에서도 알려 주지 않았던 걸 할 수 있는 건 분명히 대단한 거야. 그러니까 다음부턴 무리하지 마. 번아웃은 쉬면 금방 낫지만, 그래도 위험한 거랬어."

헤이는 한동안 무언가를 곰곰이 생각하더니, 갑자기 큰 웃음을 터트렸다.

"푸하하!"

"뭐야? 갑자기 왜 웃어?"

"생각해 보니까 웃겨서. 보육원 때부터 0클래스까지 매일 나랑 키에나는 몸이 약한 너를 걱정했는데 이젠 네가 날 걱정하잖아."

"그게 웃을 일이냐?"

"나한테 형이라고 부르라고 하면서 놀았던 게 엊그제인데 이젠 내가 형이라고 부르게 생겼네?"

그래도 다행스러운 건 심란했던 심정이 확실히 회복된 것으로 보인다는 점이다.

"어휴, 시끄러워서 잠을 잘 수가 없네."

그때 의외의 목소리가 양호실을 채웠다.

소리가 난 곳은 나의 옆의 옆 침대.

즉, 헤이의 옆 침대였다.

"밴시?"

"응."

밴시가 양호실에 있다는 건…… 역시 링킹 상태에서 너무 무리한 마나 소모를 강제한 것일까?

아니, 그렇게 됐다면 불 원소가 6승으로 2위를 만들어 달라는 그 부탁은 완벽하게 실패로 끝났다는 뜻인가?

놀란 마음에 난 왼편의 커튼을 확 젖혔다.

그러자 나와 눈을 마주친 건 헤이였다.

밴시가 있을 헤이 옆 침대는 커튼이 쳐진 상태였다.

"밴시도 번아웃이 왔대."

헤이가 대신 설명했다.

역시, 급하게 내 마나를 주입하긴 했어도 확실히 무리가 갔던 것이다.

그러니 6클래스 수준인 밴시도 번아웃이 찾아오지.

"그래서 나도 헤이랑 똑같이 일주일 동안 휴식."

이어서 자신의 상태를 설명한 밴시였는데, 그런 건 상관없다.

내게 지금 가장 중요한 건 대련의 결과가 어떻게 되었느냐다.

좌르르륵.

내 심리 상태를 정확히 파악했는지, 밴시가 스스로 커튼을 젖히며 내 침대 앞으로 다가와 물었다.

"할 얘기가 조금 있는데 잠깐 나갈까?"

그 할 얘기란 내가 정신을 잃고 쓰러진 뒤의 대련장에서 있었던 일이겠지.

"그래, 그러자."

내가 몸을 억지로 가누며 침대에서 일어나려고 하자, 헤이가 말리기 시작했다.

"양호 선생님이 아르텔 너 어디 절대 못 가게 하랬는데."

"괜찮아. 잠깐인데, 뭘. 어차피 지금 양호 선생님도 안 계셔."

그런데 오히려 대답은 밴시가 먼저 했다.

그 말을 들은 나는 그만큼 빨리 전할 정도로 중요한 얘기라는 걸 직감하고, 신음까지 참으며 겨우 침대에서 일어났다.

"밴시 말대로 양호 선생님께서 안 계시니까 괜찮을 거야. 그럼 나가자, 밴시."

"그래."

둘이 도착한 곳은 학교의 정원.

운이 좋게도 오늘 정원엔 학생들의 모습이 보이지 않았다.

내 몸 상태가 너무 좋지 않아 전처럼 깊숙한 복도로 가는 건 무리였다.

그래서 양호실과 가장 가까운 이 정원을 택했다.

난 곧장 본론을 물었다.

"말해 봐. 왜 갑자기 번아웃이야? 역시 링킹 상태였어도 그 정도로 무리가 간 건가?"

"아닙니다."

그런데 의외의 답에 난 반사적으로 고개를 갸웃할 수밖에 없었다.

"번아웃이라며?"

"정확히는 번아웃이라고 거짓말을 한 거죠."

"왜? 굳이?"

"니드 교수의 의심이 너무 심해서 막판에 일부러 무리하고 번아웃인 척했습니다."

"아……."

나름 잘 속였다고 생각했는데, 내가 실수한 부분이 있었던 걸까?

아니면 니드 교수가 내가 예상했던 것보다 기량이 훨씬 뛰어난 것일지도 모른다.

어쨌든 확실한 건 밴시는 내가 쓰러지고 나서 상황을 분석한 뒤, 최적의 판단을 내렸다는 것이다.

"그런 이유라면 잘했어. 그럼, 대련의 결과는?"

"어둠 원소 9연승 1위. 불 원소 6연승 2위. 소환 과목이 5연승 3위로 마무리되었습니다."

그런 와중에 내 부탁은 전부 들어줬으니 기특하기 그지없었다.

"잘했어."

난 밴시의 머리를 헝클어트리듯, 쓰다듬으며 진심을 담아 말했다.

그러자 밴시는 얼굴이 조금 붉어지더니 고개를 살짝 숙이곤 감사하다는 인사만 남겼다.

"그걸 말하고 싶어서 밖으로 불러낸 거구나?"

"네, 그렇습니다."

"그거 말고 특이 사항은?"

"없습니다."

"그래? 그럼 이제 들어가자. 아파 죽겠다."

"아…… 저…… 들어가시기 전에 꼭 여쭙고 싶은 게 있습니다."

밴시는 사뭇 진지한 표정이었다.

이렇게 진지한 표정은 본 적이 없다.

"뭔데?"

"이번 대련에서 보여 주신 모습. 특히 몸을 사용하시면서 대련하는 그 모습요. 제가 여태껏 본 책 어디에서도 그런 대련 방법은 나와 있지 않았습니다. 그런데 아르키스 님은 어떻게…….”

“아, 그거?”

다행스럽게도 그녀가 궁금한 건 민감한 사항이 아니었다.

“나도 전생에서, 대마법사가 되기 전까지는 생각도 못 했던 방식이지. 마법을 몸에 두르고 육체 위주로 하는 싸움. 그놈을 만나고 나서 터득한 거야.”

“그놈……? 친했던 마법사인가요? 그놈이라고 칭하시는 걸 보면.”

“아니, 내가 타일런트만큼이나 혐오하는 놈인데. 친근하게 들렸어?”

“죄송합니다.”

“궁금해, 그놈의 정체?”

내 질문에 밴시는 조심스럽고도 천천히 고개를 끄덕였다.

“사일러드.”

“…….”

“놈이 괜히 마법 역사상 최악, 최강의 마법사가 된 걸 넘어 보름달 전투에서 마법사보다 강한 육체를 가진 검사 여덟 명이나 죽인 게 아니라는 뜻이야.”

“배움과 지식은 어디에나 존재한다. 심지어 적에게도…….”

밴시가 중얼거린 말이다.

그리고 그 말은 내게 아주 익숙한 말이기도 했다.

그래서 놀란 표정을 감출 수 없었다.

"그 말을 어떻게 알아? 내 스승님이 자주 하신 말씀인데."

"저희 가문에서 비법처럼 내려져 온 말입니다. 그 말의 근원이 아르키스 님의 스승, 알라이즈 님이었군요. 저희도 어디서부터 시작된 말인지는 몰랐는데."

"이상하네. 나와 스승님은 에밋 가문과 교류가 활발했던 것도 아닌데 어떻게 알았을까?"

"저도 궁금합니다."

"아무튼 사일러드는 그 정도로 대단하면서 위험한 놈이야. 솔직히 나도 다시 맞붙는다면 이길 수 있을까, 겁부터 나는 게 사실이고."

사일러드는 죽은 게 아니다.

본교의 꼭대기에 그저 봉인되어 있을 뿐이다.

게다가 타일런트는 그의 힘을 흡수하기 위해 날 죽였다.

훗날의 훗날일지, 아니면 머지않은 미래의 어느 날일지는 모르지만, 다시 세상에 나올 녀석이다.

보름달 전투 땐 나와 스승님, 여덟 명의 검사가 함께했지만, 모두가 사라진 지금은 나 혼자 행해야 할 싸움.

그래도 포기할 순 없었다.

스승님의 유언을 지키기 위해서라도.

"궁금한 건 그게 끝?"

"네."

"그럼 들어가자. 나 좀 부축해 주고. 걷는 것도 힘드네."

"알겠습니다."

그렇게 난 한쪽 팔을 밴시의 어깨에 감싸며 느릿한 걸음으로 양호실을 향했다.

양호실에 돌아오니, 검은 뿔테 안경을 쓰고 빨간색 머리카락과 눈동자를 가진 젊은 여성 하나가 씩씩거리며 헤이를 혼내는 중이었다.

"헤이 학생! 내가 분명히 아르텔 학생을 잘 보고 있으라고 했지?"

그녀의 복장은 평상복 위에 얇고 긴 흰색 가운을 입고 있었다.

그런 복장과 뱉는 말로 그녀가 양호 선생님임을 눈치껏 알았다.

"아…… 잠깐 잠들었는데 그사이 나간 것 같아요. 죄송합니……."

헤이가 변명을 늘어놓는 그 순간, 양호실에 들어오는 나와 눈이 마주치자 자동으로 입이 다물렸다.

덩달아 양호 선생의 시선도 출입문으로 향했고 이내 그녀의 호통이 날아들었다.

"아르텔 학생!"

"네?"

"네에~? 지금 태평하게 그런 소리가 나와? 집중 치료를 받아야 할 학생이 어딜 그렇게 싸돌아다니는 거야!"

이내 그녀는 억지로 내 팔목을 잡아당겨 침대에 눕히려 했다.

하지만 나도 몸이 온전하지 않은 상태라, 그녀가 내 손목을 잡아당긴 순간 다시 몸이 욱신거리며 고통이 일순간에 밀려왔고, 나도 모르게 평정심을 잃고 마법 하나를 구현할 뻔했다.

정말 겨우 참았다.

무사히 침대에 안착하자 본격적으로 내 몸의 상태를 설명했다.

"크게 다치긴 했어도 치료만 잘 받으면 되니까 문제는 없을 거야. 하지만 넌 헤이나 밴시처럼 단순 번아웃이 아니니까 최소 한 달은 쉬어야 해."

"한 달이나?"

그 마법이 위력이 조금 강하긴 했어도, 한 달이나 쉴 정도는 아닌 것 같은데…….

"이미 네 담당 교사, 교수님까지 전부 허락한 일이니까 그렇게 알아."

"……."

"그러고 보니 이제 저녁 시간이네."

시간을 확인하던 양호 선생은 이제 내게 시선을 떼고 헤이와 밴시에게 물었다.

"너희도 밥 먹어야지. 여기에서 먹을 거야, 아니면 식당에 가서 먹을 거야?"

"음……."

"……."

둘은 괜히 내 눈치를 봤다.

난 잠시라도 혼자 있고 싶은 생각에 둘에게 식당에 가서 먹으라는 뜻으로 작게 손사래를 쳤다.

그러자 둘은 식당에서 먹겠다고 답했다.

양호 선생이 말했다.

"그럼 내가 아르텔의 식사를 가지고 오면 되겠네. 아르텔, 또 어디 나가면 안 된다. 꼼짝 말고 있어라. 알았지?"

그녀는 둘을 데리고 나가는 와중에도 문턱에서 멈춰, 내게 경고를 남겼다.

"내가 무슨 애도 아니고……."

"너 애잖아. 애가 충격으로 잠깐 정신도 이상해진 건가?"

"……."

실로 오래간만에 링킹을 사용해서 그런가, 내 몸이 어린 학생 아르텔이라는 사실을 잠깐 망각했다.

나도 모르는 사이에, 전생의 이름과 몸인 아르키스 에이머로 활동하는 줄만 알았다.

그래도 다행인 건 양호 선생이 더는 의심하지 않고 그대로 헤이와 키에나를 데리고 나갔다는 것이다.

"그나저나……."

양호실에 나 혼자만 남게 되자 평소에 신경 쓰지 않았던 한 가지가 괜히 거슬렸다.

한 달이나 치료를 받아야 한다는 현재 내 몸 상태.

'역시, 본래 내 몸이 아니라서 회복에도 시간이 오래 걸리는 건가?'

돌이켜 보니, 아르텔은 원체 몸이 허약해서 자주 쓰러지고 잔병치레는 달고 살았던 몸이다.

전생의 내 몸은 그래도 마법사 중 가장 튼튼하다고 할 수 있을 정도였는데, 갑자기 약해진 몸을 실감하게 되니 기분이 묘했다.

'몸이 이렇게 약하면…… 대마법사 수준의 마법만 구현한다고 다 되는 게 아닌데.'

아무리 마법이 정신력 기반이라고 하지만 전투에선 몸도 사용해야 한다.

내가 말하는 전투는 후에 마주칠 타일런트와의 전투다. 그 전엔 에타르도 있고.

높은 산을 넘기 위해선 단단한 하체가 필요한 법인데, 지금 그 하체가 허수아비가 되어 쉽게 부러질 상황이다.

'정말 생각지도 못한 곳에서 문제가 터져 버렸네.'

나약한 이 몸을 어떻게 강하게 만들지, 이제 그것도 걱정해야 했다.

삑.

그 순간 모브에서 알림음이 울렸다.

평소 누군가에게 연락이 오는 그런 알림이 아니다.

포인트를 사용했을 때만 나오는 알림음이다.

"난 포인트를 사용할 수가 없는 상태인데?"

[사용 내역]

—식당 : 1,000

모브를 확인하니 방금 포인트를 사용한 내역이 떠 있었다.

내 몸과 모브는 양호실에 있는데도 자동으로 빠져나갔다는 것은 양호 선생이 내 포인트를 사용했다는 것.

모브 조작은 이미 의심하고 확신한 거였는데, 마치 절대 잊지 말라고 말뚝을 단단하게 때려 박는 것만 같은 순간이었다.

일주일 뒤.

헤이와 밴시가 완전히 회복되어 일상으로 돌아가는 날이었다.

아르텔도 몸은 어느 정도 회복되었지만, 무조건 한 달은 휴식을 취해야 한다는 양호 선생님의 강건한 조치로 인해 양호실에 묶인 몸이 됐다.

그런 아르텔을 뒤로한 채, 밴시와 헤이는 곧 시작될 수업을 듣기 위해 복도를 나란히 걸었다.

"일주일이나 쉬었는데 진도는 얼마나 나갔을까?"

헤이가 먼저 물었다.

"그렇게 많이는 안 나갔을걸. 내가 5년이나 1클래스에 있었지만 진도가 빠른 적은 없었거든. 고작해야 마법 한두 개 정도 더 배운 정도겠지."

"그래도 걱정스러운데. 난 안 그래도 수업 진도를 소화하기도 힘든데."

이제 완벽히 일상으로 돌아오는 날이니, 헤이는 당장 앞에 다가올 일들이 두려워졌다.

"대련 때 보니까 다른 애들보다 낫던데, 뭘. 너무 걱정하지 마."

"아르텔도 그 말을 하긴 했지만 정말 그런가……?"

"어, 정말 그래."

헤이는 머쓱해하며 어색하게 웃었다.

의외의 인물에게 칭찬을 받자 내심 기분이 묘한 것이리라.

그렇게 불 원소 전용 교실인 제7교실에 도착한 그들은 안으로 들어갔다.

불 원소 학생 중 가장 나중에 들어온 것이 바로 이 둘.

출입문이 열리는 순간, 일제히 모든 학생의 시선이 둘에게 고정됐다.

하지만 그것도 잠시 이내 그들은 눈을 마주치면 돌로 변하는 메두사라도 본 것처럼 황급히 시선을 뗐다.

'이상한데.'

갑자기 분위기가 이상하게 변한 걸 감지한 사람은 밴시였다.

유독 오늘따라 교실의 공기가 무거웠다.

밴시와 함께 자리에 앉은 헤이가 옆에 있던 다른 학생에게 물었다.

"진도 어디까지 나갔어?"

"어, 여기……."

학생이 교과서 페이지를 짚으며, 헤이에게 진도를 알려 주려 할 때였다.

"미쳤냐?"

느닷없이 앞줄에 앉아 있던 하페르트가 슬쩍 뒤를 돌아보며 험악한 표정을 짓고 협박했다.

"아……."

헤이에게 진도를 알려 주려던 학생은 겁에 질려 황급히 헤이의 교과서에서 손가락을 떼고, 자신의 책에 시선을 고정했다.

"……?"

헤이는 하도 어이가 없어 그대로 말문이 막히고 말았다.

혼자서 어떤 생각을 깊게 하더니, 결심한 듯 고개를 끄덕이고 하페르트의 등을 향해 손을 뻗기 시작했다.

그때 밴시가 그의 손을 잡고 내렸다.

"놔둬. 진도 같은 거 몰라도 돼."

"몰라도 된다니."

"나만 믿어. 저런 유치한 애한테 따지려고 하지 말고."

밴시는 하페르트가 왜 저런 행동을 하는지 너무나 쉽게 알 수 있었다.

깊이 생각할 필요도 없이 유치할 정도로 단순한 이유 때문이다.

불 원소는 첫 번째 대련에서 18연승이라는 그야말로 압도적인 성적을 거두는 바람에 불 원소 전원이 상위권.

그런데 이번 대련에서도 6연승이라는 성적으로 2위를 유지하면서 여전히 불 원소 학생들이 전부 8위까지 포진되어 있다.

아직 어둠 원소와의 격차가 여전히 존재하는 중이다.

게다가 페널티는 5위까지.

바로 하페르트가 그 5위 안에 있기 때문에 앙심을 품은 것.

그리고 가문이라는 뒷배경을 이용해 헤이와 밴시를 철저

하게 따돌리는 중이었다.

6연승의 주역은 밴시인데 괜히 그 불똥이 헤이에게도 튄 건 평소 헤이, 아르텔, 밴시 이 세 명의 학생이 서로 붙어 다녔다는 이유 때문이었다.

"가문의 마법사라는 놈이 쪽팔린 줄 알아야지."

밴시는 대놓고 속을 긁는 말을 던졌다.

앞에 있는 하페르트뿐만이 아닌, 맨 앞줄에 있는 학생들에게까지 들릴 만큼 충분히 큰 소리였다.

약이 오른 하페르트는 제 성격을 못 이기고 뒤를 홱 돌아보며 밴시를 한껏 노려봤다.

"너 뭐라고 했냐?"

"귓구멍이 막혔니, 그걸 못 듣게?"

그리고 밴시는 검지 끝에 작은 화염을 구현하고 말을 이었다.

"아무리 봐도 뭐가 막혀 있는 것 같은데. 이걸로 뚫어 줄까?"

"이게 미쳤나……."

하페르트는 의자를 집어 던질 기세로 넘어트리며 자리에서 일어났다.

아직 수업이 시작되기까지 약간의 시간이 남은 상태에서, 평소에 서로 말도 섞어 본 적 없는 두 학생의 충돌이 극대화된 순간이었다.

"무슨 소란이죠?"

때마침 담당 교사인 에버의 등장으로 고조된 갈등은 열기가 식었다.

밴시도 에버의 목소리가 들리자마자 작은 화염을 구현한 검지를 구부리며 숨기고 답했다.

"아무것도요."

밴시는 능청스럽게 답했지만, 여전히 하페르트는 사나운 눈빛을 거두지 않았다.

"뭐, 그래요."

에버도 무슨 일이 있는 건 알았지만, 깊게 파고들면 피곤할 것을 직감적으로 느끼고 하페르트를 외면했다.

노힐 가문은 에드 가문과 똑같은 불 원소 가문이지만, 두 가문은 사이가 그다지 좋지 않았다.

그 이유는 노힐 가문은 드라코 가문에게 상당히 우호적인 태도를 취해서였다.

불 원소의 대표 가문은 에드 가문.

그리고 노힐 가문은 그 밑에 있는 구성 가문이자 하위 가문이다.

대표 가문인 에드 가문을 제외한 모든 불 원소 가문은 에드 가문의 정책이나 간섭, 지시를 받는다.

불 원소뿐만이 아닌 모든 원소의 가문이 이런 연합 형태의 성격을 띤다.

그런데 불 원소의 노힐 가문과 빛 원소의 미하엘 가문은 그런 시스템에 불만이라도 갖고 있는 듯, 대표 가문의 간섭을 받지 않고 독단적으로 행동하기에 이르렀다.

그렇기에 에버는 노힐 가문의 마법사인 하페르트에게 큰 신경을 쓰지도, 쓰고 싶지도 않은 것이었다.

"헤이 학생과 밴시 학생은 완전히 회복된 건가요?"

하페르트는 완전히 외면하고, 둘에게만 물었다.

"네."

"다행이군요. 그럼 수업 시작하죠."

이제 그는 가장 밑에 있는 단상으로 내려가, 수업을 진행하기 시작했다.

반면, 하페르트는 펜을 쥔 손을 심하게 떨었다.

'이것들이 가문을 뭐라고 생각하는 거야……. 너희들이 무시할 수 있는 게 아니라고……!'

아르텔에 이어 밴시까지.

가문이란 과장을 붙이자면 특권이거늘, 이 빌어먹을 둘의 오히려 가문을 무시하는 그 태도는 절대 용서할 수 없었다.

'너희들이 가문의 무서움을 겪은 적이 없어서 그래. 기다려, 조만간 느끼게 해 줄게.'

하페르트는 한껏 커진 둘의 콧대를 찌부러트리기 위한 방법이 뭐가 없을까 고민했다.

'그래, 방학을 이용하면 되겠네.'

예상외로 획기적인 방법이 금방 떠올랐다.

'어디 한번 마음껏 설쳐 봐라. 2학기부턴 무서움에 벌벌 떨며 쥐 죽은 듯 지내게 될 거니까.'

"그래? 결국, 하페르트가 너랑 헤이까지 표적을 삼았네. 안 그래도 저번 대련이 시작하기 전날, 나랑도 마찰이 있었거든."

불 원소 수업이 끝나고, 밴시는 곧장 날 찾아왔다.

다행히 양호 선생은 잠시 자리를 비워 눈치 보지 않고 편하게 말할 수 있었다.

밴시가 전한 내용은 이제 헤이와 자신까지 왕따가 되었다는 것.

그 왕따에 동조한 학생들도 그저 하페르트는 가문을 가지고 있다는 이유 때문일 것이다.

본래 평민에게 가문이란, 보이지만 손에 넣을 수 없는 하늘의 별과 같은 존재니까.

"분위기는 좀 어땠어? 하페르트 말이야."

"아직은 특별한 게 없지만, 그래도 아르키스 님도 알아야 할 것 같아서요."

"이미 알고 있었어. 말했잖아, 대련 시작 전날 녀석이랑 마찰이 있었다고.”

“무슨 마찰이었습니까?”

“네, 명이 무리 지어 오더니 어둠 원소석으로 가라고 협박하던데? 안 그러면 혼내 주겠다고.”

“픕.”

밴시는 진심으로 웃음이 터져 나왔다.

“누가 누굴 혼낸다는 말입니까?”

“귀엽잖아. 그래서 훈계만 살짝 하고 끝냈다.”

“아, 참. 그럼 회복하자마자 바로 다음 대련에 참가하시는 겁니까?”

내 복귀 날짜와 다음 대련이 열리는 시기가 겹쳤다.

하지만 난 고개를 저었다.

“아니, 다음 대련은 참가 못 해.”

2차 교칙 수정

"이유가 뭡니까?"

"양호 선생이 그러는데. 내 퇴원은 대련이 끝난 다음 날이란다."

"아……."

"지금 내 모습이 아르키스 에이머가 아니니, 별수 있겠어? 마음대로 할 순 없지."

"아르키스 님이 빠진 대련이 어떻게 될지 궁금하네요."

"나도 같은 생각이라 고분고분하게 말을 들은 거지."

과연 상위권 학생 중에 얼마나 많은 학생이 일부러 지려고 할까?

페널티를 피하기 위해 충분히 성적을 거둘 수 있음에도 그러지 않을 학생들이 많을 것이다.

"내가 1클래스에 오기 전의 대련은 어땠어?"

"그땐 페널티라는 것도 없었으니 학생들 전부 열심히 임했습니다. 포인트가 많으면 많을수록 학생들 사이에서도 인기가 있었으니까요."

"아니, 그거 말고. 과목별로 성적이 어땠냐고."

"아, 소환 과목을 제외하면 전부 다 비슷했습니다. 제가 추첨되지 않았을 땐 전부 한 끗 차이였죠."

"그래? 대충 대련이 어떻게 흘러갈지 그려지네."

그때 자리를 비웠던 양호 선생이 양호실로 돌아왔다.

그녀는 내 침대 앞에 서 있는 밴시를 보고 의심으로 가득한 목소리로 물었다.

"또 어디 같이 나가려는 거 아니지?"

"네, 아니에요. 그냥 잠깐 아르텔을 보러 왔어요."

불청객이 끼었으니 우리 둘만의 대화도 이제 끝이다.

밴시는 눈치껏 자리를 피했다.

"다음에 또 올게."

"그래, 잘 가라."

말동무였던 밴시가 떠나가자, 나는 침대에 누워 천장만 바라봤다.

'앞으로 3주 동안이나 이러고 있어야 한다라…….'

양호 선생은 나와 대화를 많이 하지 않았고, 애초에 학생과 대화를 하지 않으려는 것처럼 보였다.

오늘 꼬박 하루를 혼자 양호실에서 지냈는데 그저 지루할 뿐이었다.

당장 도서관이라도 가서 뭐라도 읽고 싶었고, 헤이나 키에나를 만나 아무 주제 없는 얘기도 나누고 싶었다.

장기간의 휴식은 사실 또 다른 고문인 것과 마찬가지다.

'그래도 좋게 생각하자. 내가 꼭대기에서 사일러드 봉인석을 지킬 때랑 비교하면 이쪽이 훨씬 낫잖아?'

떠 있는 것이라곤 보름달 하나.

거대한 철문 둘.

그 앞에 쇠사슬이 꽁꽁 묶인 에메랄드빛 봉인석.

꼭대기에서 사일러드의 봉인석을 지킨 게 150년 정도 되었을 거다.

그땐 정말 고독이 뭔지 여과 없이 느꼈던 나날이었다.

'그런 상황이랑 비교하면 양호실은 지상낙원이지.'

전생을 회상하니 온몸과 마음을 꽁꽁 묶었던 지루함도 녹아드는 것만 같았다.

-니드 교수, 잠깐 만나지. 위치는 도서관 깊숙한 구석 벽난로 앞.

늦은 밤, 한창 교수실에서 쉬고 있던 니드의 모브로 날아든 메시지였다.

발신자는 교감 포머.

니드는 순간 의아했다.

그간 모브를 통해서만 연락했지, 이렇게 직접 만나자고 한 일은 없었기 때문이다.

"무슨 일이 벌어지려고 하는 건가. 교감 선생님을 뵌 게 벌써 몇 년 된 것 같은데."

아마 교수 임명식에서 보고 그 뒤로는 한 번도 보지 못했을 거다.

일단 호출은 호출이니 그녀는 모브에 명시되어 있는 접선 장소로 향했다.

"그런데 벽난로? 도서관에 그런 게 있었나? 책이 잔뜩 모여 있는 곳인데 벽난로라니. 불이라도 나면 어쩌려고."

1클래스 교수로 임명되고 나서, 1클래스 시설물과 구조를 파악하기 위해 돌아다닌 적이 있다.

그때도 도서관도 유심히 살폈는데, 벽난로는 어디에도 없었다.

언제 생긴 걸까?

의문을 잔뜩 품은 채 모브에 표시된 위치에 도달하자 그녀를 맞이한 건 벽난로였다.

"나도 모르는 사이에 언제 이걸……."

교수는 해당 클래스의 관리자.

따라서 해당 클래스에서 어떤 변동 사항이 생기는지 모브를 통해 전부 알 수 있었다.

어떤 학생이 새로 입학하는지, 어떤 시설물이 변경될 예정인지 등등.

그런데 분명히 취임 당시에 없던 시설물인데도 모브엔 어떤 알림도 없었다.

"자네 허락을 맡고 설치해야 했나?"

그때 벽난로에서 포머의 목소리가 들려왔다.

타닥…… 화륵!

아무것도 없는 벽난로 바닥에 이내 불이 붙었고, 검은 연기가 피어오르더니 사람의 형상으로 변했다.

'웨이포인트였구나.'

그제야 니드는 왜 자신이 벽난로의 존재를 몰랐는지 알게 되었다.

"아닙니다."

포머는 옷의 안주머니에서 새로운 모브 하나를 니드에게 건넸다.

"이게 뭡니까?"

"대련장 천장에 설치하도록. 녹화 기능만 넣은 모브야. 용도는…… 말 안 해도 알 것 같은데."

"아르텔 때문이군요."

"그래, 나와 교장 선생님의 모브와도 연결되어 있는 거니까 자넨 설치만 하면 돼."

"알겠습니다."

니드는 모브를 받았다.

"그런데 1클래스 양호 선생이 그러는데, 아르텔은 이번 대련에 참가 못 한답니다."

"상관없어. 어차피 1학기 종료 직전에 마지막 대련이 있지 않나? 2학기도 있고."

1학기는 3월에 시작해, 6월에 끝난다.

본래 교칙이 변경되기 전이라면 총 열여섯 번의 대련이 예정되어 있지만 이제 월간으로 바뀌었으니 고작 네 번.

이미 두 번의 대련은 진행되었고, 곧 있으면 세 번째 대련이 시작된다.

아르텔은 두 번째 대련에서 입은 부상 때문에 세 번째는 불참, 네 번째에 참가하게 되는 것이었다.

"그럼, 난 이만 가 보지."

"이걸 건네주려고 여기까지 오신 겁니까?"

"어, 내가 직접 오는 게 좋을 것 같아서. 그만큼 중요한 거니까."

"알겠습니다, 살펴 가십시오."

니드가 고개를 꾸벅 숙이자 포머는 벽난로 속 화염에 발을 밀어 넣었고 발부터 검은 연기로 변해, 굴뚝을 타고 모습을 감췄다.

니드는 지시받은 대로 대련장으로 가서 천장을 향해 받은 모브를 던졌다.

모브는 천장에 붙더니 이내 투명해졌고, 니드의 눈으로도 볼 수 없게 되었다.

'저런 건 언제 만드신 거지? 모브의 형태가 다양하다곤 하지만 나도 처음 보는 모브구나.'

임무까지 완수하고, 대련장 문을 닫고 교수실로 돌아가려고 할 때였다.

"요즘 교수는 학생들이 사용하는 대련장에서 수련이라도 하나 봅니다."

그때 등 뒤에서 들린 목소리.

어둠 원소 담당 교사, 월피스의 목소리였다.

니드가 뒤를 돌아보니 그는 특유의 인상과 눈빛을 유지한 채 따가운 시선을 보내고 있었다.

"내가 뭘 하든 너에게 알려 줄 의무는 없지. 네가 이 학교의 교장 선생님도 아니잖아?"

니드는 그렇게 그를 무시하고 교수실을 향해 발걸음을 떼려 했다.

"교수라는 사람이 정말 멍청하고 건방지군요."

그녀의 발길을 붙잡는 월피스의 한마디.

당연히 그녀의 발길을 멈추기에는 충분했다.

동시에 두 남녀의 살기로 가득한 눈빛 싸움이 시작되었다.

"지금 그 말, 무슨 의도로 한 말이지?"

"눈빛이 참 무섭습니다. 저를 죽이기라도 할 생각인가요?"

"월피스 선생, 봐줄 때 눈치껏 행동해."

"크, 크크크큭. 봐줄 때? 어떻게 제가 할 소리가 교수님 입에서 나온답니까?"

월피스는 진심으로 어깨까지 들썩이며 기분 나쁜 웃음을 흘려보냈다.

"당신 뒤에 있는 교장을 믿고 그러는 것 같은데, 드라코 가문의 일원으로서 경고합니다. 앞으로 행동 조심하세요."

"뭔가 착각을 하고 있는 것 같은데, 월피스 선생."

"착각?"

"우리가 있는 이곳이 드라코 가문 본가라도 되나? 내가 왜 너에게 그런 협박을 들어야 하지? 이곳은 에드 분교다. 에드 에타르가 주인으로 있는 학교라고. 그리고 난 그의 권한을 일부 물려받은 교수다. 예의를 갖추도록."

"웃기지도 않는군. 그 에드 에타르도 나의 가주님 밑에 있는 마법사이거늘. 그렇게 따지면 당신이 내게 예의를 갖춰야지. 마법 사회는 드라코 타일런트 님이 주인이니까."

"어째 나랑 한번 해보겠다는 소리로 들리는군."

"못 할 것도 없지."

"그래?"

니드는 모래알처럼 아주 작은 물방울을 다수 구현했다.

눈대중으로 대충 세어도 수는 몇백, 아니 천까지도 쉽게 넘볼 수 있을 정도로 엄청난 수였다.

“성인 인체의 60%는 수분으로 이루어져 있지. 어때, 한번 확인해 볼래? 네 몸 안에 있는 새빨간 60%의 물들을.”

이어서 니드는 구현한 수많은 물방울들을 천천히 월피스에게 보내기 시작했다.

“교수라는 사람이 그다지 현명하지 않군.”

펑!

하지만 월피스는 눈 하나 깜짝하지 않고 다가오는 물방울 하나를 검은 송곳으로 터트렸다.

‘드라코 가문의 시그니처 마법.’

검은 송곳은 마법 사회에 이미 너무나 유명한 마법이다.

어둠 원소사의 최강을 나타내는 마법이자 창시자는 현 대마법사 드라코 타일런트.

게다가 저 검은 송곳이 미쳐 버린 아르키스 에이머를 잠재운 마법이라고도 널리 알려졌기에, 일각에선 ‘인도의 송곳’이라는 별명이 붙을 정도였다.

퍼버버버벙!

하나의 물방울을 시작으로, 순식간에 니드가 구현한 물방울 전체가 터져 나가기 시작했다.

움찔.

그 과정에서 윌피스는 왼쪽 눈을 조금 움찔거렸다.

'훗.'

아주 잠깐의 순간이지만, 니드는 똑똑히 봤다.

그리고 그는 그 반응이 무엇을 의미하는지도 너무나 잘 알고 있었다.

이윽고 물방울 전체를 터트린 윌피스는 그녀에게 한마디를 남겼다.

"내가 당신 정도는 언제든 마음껏 주무를 수 있어. 그러니 처신 똑바로 해."

니드가 구현한 물방울 전부를 터트리고 나서 의기양양하게 한 말이다.

그 말 속에는 살기도 한껏 묻어났다.

그렇게 윌피스는 등을 휙 돌리고 느긋한 걸음으로 복도를 걸었다.

정말 마음 같아선 죽일 수 있지만, 그러면 더 피곤한 일만 생기는 일이기에 이 정도 협박이면 충분하다고 판단한 것이다.

윌피스가 사라지고, 홀로 복도에 남은 니드.

그녀는 윌피스가 완전히 사라지길 기다린 다음 의미심장한 웃음소리를 흘렸다.

"후후후후. 고작 물방울 조금 없애는데 그렇게 힘들어하고선, 우쭐해하기는."

물방울을 없애는 과정에서 그의 왼쪽 눈이 움찔거린 것.

그것은 바로 조금 무리했다는 증거다.

쩌저저적!

복도 벽면이 순식간에 얼음으로 변하고, 벽면에선 날카로운 고드름들이 솟아났다.

"이걸 보여 줬으면 쓰러졌겠어, 윌피스."

그녀가 구현한 물방울들은 그저 눈속임.

실제 치명적인 피해를 입힐 마법은 바로 벽면에 숨겨 뒀던 빙결 마법이었다.

"어차피 너랑 나는 언젠가 격돌할 운명이니, 나도 오늘은 이 정도에서 참지. 네 수준이 어떤지 잘 알았으니까."

니드는 그렇게 마법을 거두고 교수실로 돌아갔다.

그녀는 에드 에타르의 용병을 자처한 마법사이기에, 그녀의 적은 에드 가문과 똑같이 드라코 가문이었다.

"이 지루한 신경전, 언제 끝나려나 몰라."

그녀가 인생에서 가장 간절히 바라는 건, 지금처럼 본교와 드라코 가문이 신경전을 벌이는 것이 아닌 그저 확실히 승패를 짓는 전면전을 치르는 것이다.

"아르텔 학생, 내일이면 퇴원이네?"

"그러네요."

웬일로 평소 대화를 좀처럼 하지 않던 양호 선생이 먼저 말을 걸어왔다.

그녀의 말대로 드디어 내일이면 퇴원하는 날.

한 달이라는 비교적 긴 시간 동안 몸은 완전히 회복되었다.

아무리 아르텔의 몸이 약해도 부상을 전부 회복하기엔 충분한 시간이었던 것이다.

"지금쯤이면 대련 시작했겠죠?"

"그럴걸."

그리고 오늘이 내가 빠진 대련이 시작되는 날이다.

"너는 어느 과목이 1등 할 것 같아?"

"음…… 소환 과목요."

"소환? 1클래스에선 만년 열등 과목인데, 의외네?"

"의외에 또 의외가 겹치면 새로운 결과가 나오니까요."

두 번째 의외는 바로 키에나를 뜻한 것이다.

"픕, 너 말하는 게 아주 할아버지 같구나. 어디서 그런 말은 다 배웠어?"

"독학으로요."

"이상하고 재밌는 학생이야. 나 잠깐 나갔다 올 테니까 쉬고 있어라."

그렇게 그녀는 다시 자리를 비웠고, 제법 시간이 지난 뒤에 양호실로 손님이 찾아왔다.

이번엔 헤이, 키에나, 밴시 세 명이 동시에 찾아왔다.

"아르텔! 이거 봐 봐!"

키에나는 종이에 자필로 쓴 점수판을 내게 보여 줬다.

대련을 진행하며 받아 적은 듯했다.

그런데 대련의 결과가…….

"뭐야, 이게?"

–소환 : 4(4)

–빛 : 3(3)

–물 : 3(2)

–대지 : 2(2)

–바람 : 2(1)

–어둠 : 1(1)

–불 : 0(0)

이번 대련의 결과라고 설명했다.

정말이지 이렇게 개판인 결과가 나올 수 있을까 싶을 정도로 눈을 의심했다.

"어떻게 된 거야? 불 원소 0승?"

헤이와 밴시까지 있는 과목이다.

그런 과목에서 0승이라는 건 도무지 말이 되질 않았다.

"추첨되지 않아서 나갈 기회도 없었어. 그리고 일부러 지던데?"

답을 한 건 밴시였다.

역시, 이건 예상한 대로다.

"소환이 4연승인 건?"

"내가 마지막 세 번째로 나서서 겨우 거뒀지!"

키에나는 칭찬이 고픈 것처럼 턱을 잔뜩 치켜세우며 답했지만, 마냥 화기애애한 분위기를 연출할 수 없었다.

난 급히 자리에서 일어섰다.

"순위표를 좀 확인해 봐야겠는데."

순위표는 모브로 볼 수 없기에, 강당 옆에 있는 게시판을 확인해야 했다.

이번 대련의 결과로 과연 순위는 어떤 변동이 일어났는지 꼭 확인이 필요하다.

그렇게 셋을 데리고 양호실을 나선 순간, 하필이면 그때 양호 선생이 돌아왔다.

"어디 가려고, 아르텔?"

"퇴원하게요."

"뭐?"

그녀는 어이가 없다는 표정으로 기가 차 하며 되물었다.

"퇴원은 내가 결정하는데 누가 퇴원하라고 했니?"

"어차피 내일이면 퇴원이잖아요. 오늘 일과인 대련도 전부 끝났으니 하루가 끝난 거나 마찬가지 아닌가요?”

“무슨 논리야, 그게?”

“그러니까 그냥 퇴원할게요. 어차피 다 회복됐는데.”

그녀는 나와 눈을 마주치며 한참이나 입을 다물었다.

내가 조금 억지를 부리긴 했지만 그렇다고 또 틀린 말은 아니었기 때문인지, 제법 긍정적인 답을 내놨다.

“그래…… 하루 정도 빨리 퇴원한다고 문제가 생기진 않겠지. 가라.”

몸 어디가 절단된 것도 아니고, 시간만 지나면 금방 낫는 단순 화상인 데다 그마저도 전부 회복되었다.

이제 더는 양호실에 있을 이유가 없다는 걸 본인이 제일 잘 아니 큰 마찰 없이 나를 놓아준 것이다.

“감사합니다.”

“또 다치지 말고.”

“이제 그럴 일 없을 겁니다.”

그렇게 양호실을 빠져나오며 곧장 향한 곳은 게시판이 있는 강당 입구였다.

[1클래스 포인트 순위]

1. 아르텔

2. 헤이

3. 밴시

순위는 확실히 뒤죽박죽되었다.

그런데 난 한 달이나 양호실에 있었는데 어떻게 1위가 된 걸까?

게다가 불 원소는 이번에 0승을 거두며 꼴찌를 기록했고 그 벌로 5,000포인트까지 차감된 상태인데, 어떻게 이 순위가 나왔는지 궁금했다.

"어? 왜 보유 포인트가 안 나오지? 아까까지만 해도 있었잖아?"

그 와중에 헤이가 한 말이었다.

그의 말대로 순위표에는 포인트만 사라져 있는 상태다.

'그렇다는 것은 일부러 못 보게 해 놨다는 거지.'

의도는 모르겠지만 이 순위표를 손댈 수 있는 인물은 세 명, 교수 니드, 교감 포머, 교장 에타르.

즉 이 셋 중 누군가 혹은 전부가 현재 또 어떤 계획을 준비하고 잠시 막아 놨다는 뜻이다.

"그것보다 난 왜 내가 1위인지 궁금한데."

"아, 그거. 하페르트를 비롯한 불 원소 학생 전부가 일부러 포인트 사용을 늘렸어."

옆에 있던 밴시가 설명했다.

"포인트 사용을 늘리다니?"

"대련장, 수련장, 도서관 할 것 없이 하루에도 몇 번이나 가더라고."

페널티에서 벗어나기 위해 정말 추할 정도로 별의별 짓을 다 한 거다.

'그래도 페널티를 역이용한 거네? 이건 칭찬해 줘야 하나.'

처음엔 나로 인해 대련에서 높은 성적을 거둘 것을 두려워해, 협박까지 하던 녀석이 제법 머리를 쓸 정도로 발전한 거니까 그런 마음도 들었다.

밴시의 말에 따르면 하페르트를 비롯한 다른 학생들은 보유 포인트가 원체 많아 일부러 많이 소모한 것이었다.

평소에 도서관에도 잘 가지 않았던 학생들이 떼를 지어 몇 번이고 들르고, 수련장, 대련장에도 똑같은 방법으로 작업한 것이다.

하지만 교칙엔 횟수 이용 제한이 없으니 교수나 교사 들도 그저 손 놓고 지켜봐야만 했다.

'그래서 보유 포인트를 못 보게 가려 놓은 건가.'

그렇다면 이제 남은 건 하나.

"조만간 공지 사항 하나 나오겠네. 일단, 돌아가자. 상황 어떻게 흘러가는지 잘 알겠어."

필요한 건 전부 눈으로 직접 확인했다.

남은 건 과연 다음 공지 사항이 무엇이 될지다.

포머와 에타르는 다시 모였다.

그들은 1클래스 대련 결과와 학생들의 보유 포인트를 놓고 심각한 고민에 빠졌다.

"죄송합니다, 교장 선생님. 제가 너무 안일하게 생각했네요. 설마 대련에서 일부러 지고, 일부러 포인트 사용을 늘릴 거라곤 생각도 못 했습니다."

약 3주 전, 포머가 니드에게 전한 모브에 녹화된 영상을 전부 살폈다.

특히 상위권인 어둠과 불 원소 학생이 일부러 지는 게 눈에 띄었다.

니드 교수도 현장에서 학생들을 다그쳤지만, 학생들은 그저 '오늘 몸이 안 좋아서 그래요.'같은 변명을 하며 넘어가니, 아무리 교수라 한들 손쓸 방법이 없었다는 게 쉽게 이해가 갔다.

"모든 학생이 이렇게 극단적으로 나올 줄은…… 몰랐는데요."

포머도 어느 정도 예상한 일이지만, 학생들은 예상과 너무 달랐다.

포인트를 얻을 수 있는 교사 재량 평가, 마법 대련 과목까지 전부 월 1회라는 제약을 걸었다.

따라서 포인트 과소비는 이미 예상한 일이기에 신중하게 쓰도록 지급량은 똑같지만 그 횟수를 줄여 버린 것이다.

일부러 대련에서 지는 것도 마찬가지다.

상위권에 있는 '소수의' 학생만 할 것이라고 예상했다.

계속 하위권을 유지하면 다음 클래스로 향할 수 없으니까.

이번에 변경한 교칙은 전부 장기적으로 내다봐야만 다음 클래스로 향할 수 있었다.

포인트 사용을 조절하며, 성적도 일정한 수준을 유지해야 하는 제법 어려운 과제가 되었으니까.

그러나 현실은 포머와의 예상과는 정반대였다.

어찌 보면 학생들을 너무 과대평가한 것이다.

장기적으로 내다본 학생이 단 한 명도 없다는 뜻이 되었으니까.

당장 상위권에 들기 싫었던 모든 학생은 약속이라도 한 듯 훗날을 생각하지 않고 일부러 포인트를 과소비했고 다 같이 지는 진풍경을 이뤄 냈다.

막판에 역전을 노리는 것 같은데, 지금부터 포인트를 이렇게 엉망으로 만들면 승격은 불가능하다.

"어린 학생들의 생각을…… 읽을 수가 없네요."

포머는 침울하게 말했다.

"어린 학생의 생각이라……. 아주 먼 옛날에 내게 그걸 강조하셨던 그분이 떠오르는구나."

에타르도 이번에 느낀 게 많았다.

그와 동시에 기억 한구석에 가려졌던 추억도 떠올랐다.

“교장 선생님께서 ‘그분’이라고 칭하시는 분은 단 한 사람이지 않습니까?”

포머는 저도 모르게 벽을 슬쩍 쳐다봤다.

평소 에타르가 명화를 감상하며 마음을 차분하게 하듯, 그의 스승인 아르키스 에이머가 생전에 입던 로브를 걸어 놓은 위치였다.

“그분은 눈높이를 강조하셨거든. 아무튼, 그런데 교감 자네는 이 계획안을 가지고 올 때 아르텔의 퇴학이 이루어질 수 있는, 따로 생각한 부분이 있다고 했잖나?”

“아…… 그건…….”

포머는 이내 난감한 표정을 지었다.

“왜? 뭔데?”

“사실 동반 입학 제도를 이용하려 했습니다.”

“동반 입학?”

“네, 저희 분교 학생 중, 동반 입학 학생은 아르텔이 유일하지 않습니까?”

이어서 포머는 아르텔과 함께 입학한 키에나, 헤이의 서류를 책상에 올렸다.

“뭘 어떻게 이용한다는 건지 모르겠는데.”

“아르텔은 더블 캐스터. 마법적 재능이 뛰어나니, 제가 변경한 교칙을 빠져나간다 해도 나머지 둘을 같이 묶으려는 생각이었습니다.”

“그러니까 뭘 어떻게?”

“동반 입학한 학생은 하나의 팀. 구성원 중 하나라도 불합격하면 전부가 불합격으로요.”

그 순간, 에타르는 새로운 깨달음을 얻은 듯 표정이 변했다.

확실히 획기적인 방법이었다.

아르텔을 확실하게 퇴학시킬 수 있는 아주 정당한.

“그런데…… 성적을 보시면…….”

이제 포머는 1클래스 현재 보유 포인트 순위표를 펼쳤다.

“동반 입학한 학생들이 전부 상위 5위에 들어 있습니다. 이건 전혀 예상 못 한 일입니다. 죄송합니다, 실망을 안겨 드려서…….”

“으음.”

하지만 에타르는 실망한 기색 하나 없이, 해당 순위표와 아르텔의 동반 입학 학생의 정보를 더욱 유심히 살폈다.

집중하다 보니, 에타르의 표정은 점차 무겁게 변해 갔다.

눈치가 보이기 시작한 포머는 말이 많아지기 시작했다.

“교장 선생님께서 많은 기대를 거셨는데, 그 기대에 부응하지 못하고……. 다 제 책임입니다.”

“아니야. 어떻게 자네에게 책임 전부를 물을 수 있겠어?

어쨌든 그 계획을 승낙한 사람은 나인데. 나에게도 책임이 있지."

"그렇게 말씀해 주시면……."

"그런데 말이야, 1클래스 학생들이 고의적으로 지는 이유가 다 페널티 때문이겠지? 성적이랑 직결된 문제니까."

에타르는 이제 아르텔이 빠진 1클래스 대련 결과에 집중했다.

"네, 그것 말고는 아무것도 설명이 되질 않습니다. 교칙이 바뀌고 나서 학생들이 갑자기 그렇게 행동한 거니까요."

에타르는 대련 영상을 한 번 검토하고, 추가적으로 아르텔과 헤이, 키에나의 입학 서류까지 검토한 후에 고개를 끄덕이며 말했다.

"한 가지 묘안이 떠올랐어."

"어떤……?"

"학생들은 현재 상위권에 머물고 싶어 하지 않잖아, 페널티 때문에."

"네, 그렇죠."

"그 페널티가 사라진다면 예전처럼 머물고 싶어 하지 않겠어?"

"하지만…… 그렇게 되면 아르텔의 퇴학은……."

"충분히 시도해 볼 법한 묘안이라고 생각해."

에타르는 자신의 계획을 포머에게 설명하기 시작했다.

에타르의 머릿속에 있는 계획이 전해졌는지 포머가 깨달음을 얻은 표정을 지었다.

"어때?"

"확실히 그거라면……. 대단하십니다, 교장 선생님."

"아니야. 자네의 그 동반 입학이라는 말에서 힌트를 얻었으니 자네의 공이 크지."

"감사합니다. 그럼 당장 시작할까요?"

"그래."

다음 날.

이제 내가 일상으로 돌아가는 날이다.

일어나자마자 기숙사에서 옷을 갈아입고, 아침을 먹기 위해 식당을 지나칠 때였다.

그런데 식당을 지나칠 때 포인트 지불 알림음인 '삑' 소리가 들리지 않았다.

'이상한데?'

"모브 현상화, 포인트."

심지어 모브를 향해 정확한 명령어를 말했음에도 모브는 포인트를 보여 주지 않았다.

어젠 순위표에서 포인트가 사라지더니 이젠 학생 개인의

포인트까지?

무슨 영문인지 몰라 어리둥절할 때, 공지 사항 하나가 날아들었다.

[교칙 변경 사항 2호]

친애하는 학생 여러분, 에드 분교의 교장 에드 에타르입니다.

제목을 보는 순간 난 이 말밖에 떠오르지 않았다.

'그래, 올 것이 왔구나.'

이미 교칙이 변경될 기미는 보였다.

하루 만에 그 정체가 드러나는 순간이었다.

난 이제 공지 사항을 유심히 살폈다.

1클래스의 지난 대련 결과를 보고받았는데, 학생 여러분의 심정을 잘 알았습니다. 페널티 때문에 일부러 성적을 거두지 않는 것은 교장으로서 참으로 마음이 아픕니다.

에타르답지 않게 서론이 길다.

불필요한 내용은 건너뛰고 난 바로 본론만 읽어 나갔다.

남은 1학기는 한 달.

그리고 학생 여러분들을 위해 특단의 조치를 내렸습니다.

본래 예정대로라면 여름방학 직전 한 번의 대련이 남았지만, 해당 대련은 취소합니다.

또한, 여름방학까지 1클래스 모든 학생은 시설물을 무료로 이용할 수 있습니다.

2학기엔 새롭게 개정된 대련 방식이 학생 여러분들을 기다리고 있을 겁니다.

학생 여러분 모두 좋은 하루 되세요.

그것이 변경된 교칙의 모든 내용이었다.

느닷없이 포인트를 없애고, 한 번 남은 대련까지 취소한 상태.

그런데 정작 변경된 교칙은 2학기에 공개한다는 게 그다지 달갑진 않았다.

"공지 사항 봤지?"

때마침 밴시도 식당에 도착해 내 옆에 다가와 물었다.

"응."

"어떻게 생각해, 이번 공지 사항?"

"흐음, 1클래스부터 이렇게 나오면 6클래스까진 어떻게 올라가나, 하는 생각밖에 안 드는데."

불가능하게 느껴지는 게 아니라 너무 귀찮은 장애물들이 많다는 뜻이다.

난 슬쩍 식당에 있는 다른 학생들의 표정을 살폈다.

포인트가 사라졌다는 사실에 학생들은 그저 해맑은 모습으로 먹고 싶은 음식을 접시에 담는 중이다.

이렇게만 보면 평화로운 전생의 마법 학교와 똑같지만…… 과연 2학기도 이런 분위기가 유지될까?

스스로에게 던진 질문에 답변은 부정적으로 나갈 수밖에 없었다.

여태껏 이 분교가 취한 태도를 보면 그게 정답이니까.

‘2학기 때 보자, 에타르. 준비한 게 무엇일지.’

느닷없는 견학

아침이 막 밝았다.

이제 내일이면 1클래스를 비롯해 에드 분교 전체가 여름 방학에 들어가는 날이다.

그런데 교장실의 분위기는 그다지 밝지 않았다.

덩달아 에드 에타르의 기분을 나타내는 교장실 밖 풍경도 예사롭지 않은 상태다.

"교장 선생님, 에버 선생한테 보고받았는데 노힐 가문에서 초대장이 왔답니다."

"무슨 초대장?"

"1클래스 불 원소 학생 전원, 노힐 가문에서 개방 견학을 추진했더라고요."

바로 이것 때문이다.

개방 견학.

이는 아주 오래전부터 마법 사회에 존재했던 하나의 문화다.

주로 평민 출신의 학생 마법사에게 영감, 의욕을 심어 주기 위해 가문에 초대하여 견학, 대접하는 것을 뜻한다.

하지만 이 문화가 가장 활성화되었으며, 동시에 사라진 시기는 전 대마법사인 아르키스 에이머의 시대.

현 대마법사인 드라코 타일런트의 시대에선 300년 동안 개방 견학을 추진한 가문이 단 한 곳도 없었다.

그런 상황에서 상위 클래스인 5클래스 이상도 아닌 1클래스를 초청하다니.

1클래스엔 아르텔이 있다.

노힐 가문에서 갑자기 이렇게 개방 견학을 추진한다는 건, 꼭 아르텔을 노힐 가문의 가주가 직접 보겠다는 뜻으로 해석되었다.

"이 사안, 드라코 가문에 보고했나?"

하지만 개방 견학은 가문이 주도적으로 할 수 있는 게 아니다.

대마법사가 바뀌면서, 개방 견학의 절차가 조금 변경되었기 때문이다.

알라이즈 페트라, 그의 제자 아르키스 에이머.

이 두 사람이 대마법사였던 시절엔 자발적이며 자유롭게 추진할 수 있었지만, 지금의 시대는 대마법사 가문의 허락을 맡아야 한다.

이것이 300년 동안 이 문화가 자취를 감췄으며 선뜻 나서는 가문이 없어지게 된 계기다.

"네."

"답변은?"

"바로 왔습니다. 오히려 긍정적이었습니다. 노힐 가문이 사멸할 뻔한 문화를 살리는 데 공로하는 중이니 표창장이라도 줄 기세던데요."

포머는 에타르의 친자이자 드라코 가문의 양자.

그가 에타르의 친자라는 건 믿을 수 있는 사람 소수만 제외하곤 극비 사항이다.

따라서 포머의 정식 소속은 드라코 가문이니, 드라코 가문 본가에서도 교감인 포머와 이미 연락을 취했다.

"이상하네. 드라코 가문에서도 아르텔의 존재는 이미 진즉에 알고 있었을 텐데 그걸 흔쾌히 허락했다고?"

"이미 드라코 가문의 허락이 떨어진 이상 막을 방법도 없고 막는 쪽이 더 수상할 겁니다."

"나도 알지. 그나저나 불 원소 구성 가문인 노힐 가문이 왜 갑자기……."

"의아해서 잠깐 알아봤는데 에버 선생의 말로는 잠시 아르텔과 마찰이 있었던 것 같다던데요."

"어떤 마찰?"

"구체적인 건 모르겠답니다. 에버 선생도 직접 본 게 아니라서요."

"그럼 그 마찰 때문인가……. 아니, 그렇다고 해도 애들 싸움에 가주가 나설 일은 없을 거고."

그런 체면 구겨지는 짓을 할 이유가 하나도 없기 때문이다.

만약 정말 그 이유라면, 나중에 알려지면 낭패를 보는 건 전부 노힐 가문의 몫이다.

에타르는 모든 가짓수를 예상해 봐도 유력한 이유를 집어낼 수 없었다.

"일단, 보내긴 해야지. 일시가 언제야?"

"방학이 시작되는 내일 오전입니다."

"인솔은 누가 하지?"

"노힐 가문에서 사람이 온답니다."

"아무리 그래도 학생들만 보낼 수 있나. 학교에선 누가 동행해?"

"예정엔 없습니다. 오늘 갑자기 잡힌 일이라서……."

"니드 교수가 갈 자리는 아닌 것 같고. 학교의 책임자가 가는 게 맞는 것 같은데……."

에타르는 손가락을 까딱거리며 적임자를 색출하기 시작했

다.

그러다 그의 시선이 멈춘 곳은 바로 교감 포머였다.

"자네가 가."

"……예?"

"노힐 가문은 불 원소 구성 가문인데도 내 말을 듣질 않잖아. 오히려 드라코 가문의 구성 가문인 것처럼 구니까 자네가 가는 게 좋을 것 같은데. 의심도 피하고."

"하지만 저도 노힐 가문의 가주와는 일면식이 없는데요."

"그렇다고 내가 갈 순 없잖아. 그게 더 수상하니까. 그래도 노힐 가문은 드라코 가문에 우호적이니까 그림도 맞을 것 같은데."

에타르는 철저하게 드라코 가문의 눈을 피해 활동하는 중이다.

이미 50년 동안 본교로 입학생을 단 한 명도 보내지 않은 배경도 깔려 있기에, 여기저기 강도 높은 감시를 받고 있었다.

그가 그나마 마음껏 활동할 수 있는 장소는 그의 학교인 에드 분교가 유일했다.

밑의 세계도 정말 중요한 일이 아니면 가능한 한 잘 내려가지 않았다.

"알겠습니다. 그럼 오늘 수업이 끝나면 제가 학생들을 데리고 내려가는 걸로 하겠습니다."

포머도 그런 상황을 잘 알기에 안심시키듯 답했다.

이 학교의 책임자 중 자유로운 건 표면상 드라코 가문 소속인 자신이 유일했기 때문이다.

"그래, 그냥 무슨 의도로 개방 견학을 추진한 건지만 확인하면 돼. 너무 튀는 행동이나 간섭은 하지 말고."

"명심하겠습니다."

포인트가 없는 한가로운 나날을 보내고 이제 내일이면 여름방학이 시작되는 날이다.

하지만 포인트가 없는 1클래스는 마냥 평화로운 것도 아니었다.

바로…….

"실습해 보라고."

"싫어요."

"뭐?"

"보상 포인트도 없는데 뭐 하러 해요, 어차피 내일이면 방학인데."

지금은 어둠 원소 수업 시간.

학생들은 포인트라는 보상이 사라지자, 이제 수업 참여 의지가 전혀 느껴지지 않았다.

게다가 당장 내일이면 방학의 시작이니, 학생들은 이제 선생의 말을 절대적으로 따르던 전의 모습은 찾을 수 없었다.

드라코 웰피스가 원소 담당 교사 중 학생들이 가장 무서워하는 선생인데도 이 정도인데, 과연 다른 과목은 어떨지 상상도 감히 가지 않는다.

"멍청한 것들이."

웰피스도 포기한 듯, 어린 학생에겐 조금 거친 언사를 보였다.

그리고 터벅터벅 단상에서 위로 올라오기 시작해, 내 옆을 지나칠 때 내가 물었다.

"어디 가세요?"

"방학이나 잘 보내라. 너희 같은 녀석들을 교육할 필요성을 못 느끼겠군."

'성격하고는.'

아직 수업 시간이 제법 남았음에도, 그는 교실에서 나가버렸다.

"방학이다!"

"짐부터 쌀까?"

"그러자!"

하지만 학생들은 그저 방학이라는 것만 좋아하며 웰피스가 나간 그 순간, 파티라도 연 것처럼 자리를 박차고 일어났다.

'개판이네. 이건 나이의 문제가 아닌 것 같은데.'

내 전생의 순진무구한 어린 학생들과 비교하면…….

많은 것이 차이가 났다.

어둠 원소 수업이 끝나고, 난 곧장 불 원소 수업으로 들어왔다.

불 원소 수업도 어둠 원소와 다를 게 없었다.

아니, 더하면 더했지, 덜하진 않은 상황이다.

"오늘 배워 볼 마법은……."

에버가 교과서를 읽으며 수업을 진행하는데도 책을 펼친 학생이 없다.

"흐암."

"아, 이걸 왜 하는 거야?"

오히려 대놓고 입이 찢어지듯 하품을 하거나, 선생을 향해 핀잔을 주기도 했다.

이건 내가 봐도 학생들의 도가 조금 지나치다고 느꼈다.

포인트 하나가 사라졌을 뿐인데 이렇게까지 분위기가 하루아침에 달라질 수 있을까?

게다가 에버는 평소 학생들에게 친근하게 다가가곤 했다.

학생들도 그를 편안하게 생각하는 이들이 많았기에, 불 원소는 1클래스 일곱 개의 과목 중 가장 학생과 선생의 관계가 끈끈한 과목이었다.

하지만 그런 끈끈함이 정말 불을 지핀 것처럼 전부 녹아내려 무시만 남게 되었다.

'자유의 가치는 누리는 자의 태도에 따라 달라진다더니.'

그간 학생들이 에버를 잘 따른 이유도 결국 포인트 때문이었다는 뜻이다.

지금 1클래스의 상황만 놓고 보면, 1클래스의 자유란 그저 쓰레기에 불과할 정도로 수준이 너무 낮았다.

텁.

결국, 수업에 열의가 그토록 강하던 에버도 포기하고 교과서를 덮었다.

"아무래도 내일부터 방학이라 그런지, 다들 들떴군요."

화는 꾹 참고, 최대한 친절한 모습이다.

"네에!"

"그래요……. 나머지는 자습이나 하기로 하죠."

그가 단상의 의자에 앉아 공허하게 천장만 바라볼 때였다.

"선생님."

그런데 의외의 인물, 하페르트가 그를 불렀다.

"네?"

"중요한 게 있는데 왜 그건 안 알려 주세요?"

중요한 거……?

"아, 참. 그랬죠."

이게 막 떠올랐는지, 그는 부리나케 자리에서 일어나며 손뼉을 쳐 학생들을 주목시켰다.

"여러분들은 내일 아침, 교감 선생님을 따라 여기 하페르트 학생의 가문인 노힐 가문으로 가 개방 견학이라는 걸 하게 됩니다."

개방 견학.

나에겐 실로 오래간만에 듣는 단어다.

하지만 왜인지, 느낌상 그다지 달갑지 않았다.

그 단어를 듣자마자 나도 모르게 조건부 반사처럼 밴시를 쳐다봤다.

밴시는 오묘한 표정이었지만, 반응은 나와 별반 다르지 않았다.

"하페르트 학생, 잠깐 앞으로 나오겠어요? 개방 견학을 잘 모르는 친구들이니, 직접 설명해 주면 좋을 것 같은데."

이어서 하페르트가 단상으로 내려가 설명하기 시작했다.

"개방 견학은 가문이 없는 너희들에게 은혜를 베푸는 거나 마찬가지야. 천민인 너희들을 초대한 거니까. 그러니 영광으로 알아."

그의 설명을 듣고 난 고개를 저었다.

'이게 어디서 중요한 내용은 쏙 빼고 사실을 왜곡해?'

개방 견학의 본질을 제대로 모르는 건지, 아니면 일부러 저렇게 말하는 건지 모를 정도다.

옆에 선 에버의 얼굴을 슬쩍 보니, 한심함과 난처함이 뒤섞인 표정이었다.

그것은, 에버는 본질을 제대로 알고 있으며 지금 하페르트가 설명을 이상하게 하고 있다는 표시다.

"하페르트! 우리가 노힐 가문에 초대를 받았다는 건…… 무슨 뜻이야? 가서 뭘 하면 돼?"

그때 두 번째 대련 시작 전날 하페르트 패거리에 섞여 있던 학생이 물었다.

"할 거 없어. 그냥 맛있는 거나 실컷 먹고 가문만 구경하면 돼."

일순간, 교실엔 "오오!" 하며 작은 환호성이 드리웠다.

평민에게 가문을 구경하는 것은 상당히 특권이라는 걸 학생들도 잘 알기 때문이다.

그런데 내 전생의 기준만 하더라도 개방 견학의 대상은 5클래스 이상의 상위 클래스 한정이다.

1, 2클래스는 초급.

3, 4클래스는 중급.

그리고 바로 5, 6클래스가 상위 클래스로 분류되는 고급 클래스다.

그중에서도 특히 평민 마법사 학생들이 개방 견학의 대상이 되었는데, 이는 가문을 방문하게 해 마법적 영감, 의욕을

돋우려는 취지였다.

하지만 이것은 어디까지나 '표면적 이유'.

사실은 해당 가문으로 들일 재능을 가진 마법사가 있는지 없는지 가주가 직접 확인하는 자리다.

1클래스 학생들을 개방 견학에 초대한 의도에는 전혀 순수함이 느껴지지 않았다.

"내가 아주 어렵게 가주님께 건의했는데 흔쾌히 허락하셨어. 그러니까 너희는 나와 같은 과목 학생인 걸 자랑스럽게 생각하라고."

하페르트는 이제 자신감이 넘치는 표정을 지으며 교실 전체를 시선으로 훑기 시작했다.

그는 그러는 와중에도 설명을 쉬지 않았다.

"그리고 말이야. 이건 내가 주는 팁이라고 할 수 있는데, 가주님의 마음에 들면 너희들도 나중에 노힐 가문의 마법사가 될 수 있으니까 잘 보이라고. 알았어?"

"정말?"

"가문의 마법사는 거짓말을 하지 않아."

"오오!"

그러다 나와 눈을 마주친 순간, 그는 시선을 피하지 않고 갑자기 한쪽 입꼬리만 올렸다.

"아주 재미있을 거야. 기대해."

'오호라, 개방 견학을 건의한 이유가 혹시…… 나 때문인

거냐, 노힐 하페르트?'

나는 그런 그를 보며 마음속으로 확신에 찬 질문을 던졌다.

그렇지 않고서야 날 저렇게 노려보며 거만한 미소를 지을 이유가 없으니까.

방학은 시작되었고, 1클래스의 모든 학생이 정문 앞에 모였다.

총원 서른한 명.

모든 학생이 각자 방학을 만끽하기 위해 캐리어에 짐을 싸 들고 정문 앞에 정렬한 상태로 밑의 세계로 내려가길 기다릴 때였다.

"뭐야? 저 셋은 고아라고 하지 않았어? 방학이 되면 갈 곳이 없어서 0클래스에서도 학교에서만 지냈다고 하던데."

"그러게. 나도 분명히 그렇게 들었는데. 길바닥이 침대라도 되나?"

우리를 노린 한 학생의 목소리다.

슬쩍 누군지 확인하니, 머리카락이 드문드문 하얀색이었다.

빛 원소 과목의 학생들이다.

우리 셋의 상황을 이렇게 잘 알고 있다는 건, 러쉘이 원흉일 것이다.

'어쩐지 요즘에 잠잠하다고 했다.'

하지만 키에나나 헤이도 이젠 익숙해져 버린 시선들이다.

대꾸도 하지 않고 귀가 들리지 않는 척, 신경 쓰지 않았다.

"아, 너흰 못 들었어? 불 원소 과목은 노힐 가문에서 개방 견학이라는 걸 한다고 거기에 간대."

이번엔 대지 원소 쪽에서 들린 소리다.

나와 키에나, 헤이, 밴시는 다른 과목 학생과 대화하기는 커녕 왕따를 당하는 중이니 먼저 말을 건 적도 없다.

하지만 다른 학생들은 과목이 달라도 제법 친하게 지내니 저런 정보도 공유하는 것 같았다.

"개방 견학? 그게 뭐야?"

"가문에서 하는 거라는데, 그냥 놀러 가는 것 같아."

그러나 학생들도 그것이 정확히 무엇을 하는 건지는 모르는 눈치였다.

슬쩍 러쉘의 눈치를 살폈는데, 갑자기 눈빛이 변했다.

저건 깨달음의 눈빛이었다.

'또 무슨 이상한 생각이 들었나 본데.'

터벅터벅.

그 순간, 뒤에서 들려오는 발소리.

바로 노힐 가문으로 견학을 떠나는 불 원소 학생을 인솔할 교감 포머였다.

그를 마지막으로 본 것이 0클래스 때 연설하는 자리에서였다.

하지만 오랜만에 보는 얼굴이라도 전혀 반갑지 않았다.

아니, 오히려 타일런트를 비추는 듯한 인상착의를 보자니 속이 뒤틀렸다.

포머와 나는 잠깐 눈이 마주쳤지만, 아무런 반응도 보이지 않고 앞에 섰다.

"총원 서른한 명 전부 모였군요. 바로 가죠."

펄럭!

그가 한쪽 소매를 휘날리자, 포털 하나가 생성되었다.

0클래스에서 1클래스로 올라올 때, 0클래스 교수였던 멜이 생성한 것과 같은 방식이다.

"학생 여러분들 먼저 들어가세요."

그렇게 앞줄부터 차근차근, 순서를 지키며 포털 속으로 들어가기 시작했다.

"불 원소 학생들만 따로 옆으로 나오세요."

밑의 세계에 도착하자마자 포머는 학생들을 나누기 시작

했다.

'밑의 세계…….'

하지만 난 밑의 세계의 풍경을 잠시 감상했다.

학교와 밑의 세계의 웨이포인트는 도시 한가운데가 아닌, 도시 밖에 있는 숲.

그 숲에서도 꽤 넓은 공터였다.

무성하게 깔린 푸른 잔디, 주위엔 울타리가 쳐 있는 듯이 솟은 높은 나무들.

정성스레 가꾸는 가문의 정원과 같은 모습이다.

이런 밑의 세계의 숲을 보는 게 얼마 만이던가.

너무 오랜만에 보는 광경에 잠시 꿈을 꾸는 듯한 착각이 들었다.

나도 전생에서, 서클이 올라 5서클이 되었을 때부터 밑의 세계에 내려온 적이 없다.

5서클 때 스승님을 만나, 그 아래에서 이제 내가 몰랐던 세계를 배우는 중이었으니 내려가고 싶은 생각이 들지 않았기 때문이다.

"나머지 학생들은 방학 잘 보내세요."

"아르텔! 헤이! 우린 이따 저녁에 보자!"

밑의 세계에 발을 들인 순간부터 본격적인 방학이다.

키에나는 저번에 밴시와 외출했을 때 보육원 선생님들과 했던 약속을 지키기 위해 내려온 것이다.

"알았어."

헤이는 손을 흔들며 그녀에게 답했고, 키에나는 제 체구와 비슷한 캐리어를 끌고 도시로 향했다.

"안녕하십니까, 도련님. 방학 축하드립니다."

이제 불 원소 학생들만 남았을 때, 한 중년과 노년의 사이에 걸친 남자가 다가와 하페르트에게 인사를 건넸다.

하얗게 센 머리카락, 풍성한 콧수염과 이마의 짙은 주름이 인상 깊다.

노힐이 빛의 가문이었다면 혼란스러웠을 인상.

다행히도 검은 눈동자가 그의 존재를 말해 준다.

보아하니, 노힐 가문의 집사로 일하는 사람인 듯했다.

"당신이 노힐 가문에서 나온 사람인가?"

"네, 에드 분교의 교감 선생님이시군요. 처음 뵙겠습니다."

집사는 포머를 바로 알아보고 정중히 고개를 숙이며 인사를 건넸다.

"안내 부탁하지."

포머는 아무런 감흥도 없이 상당히 딱딱하게 사무적으로 대했다.

그의 눈빛을 슬쩍 읽었는데, 어딘가 경계하는 기분이었다.

'노힐 가문이랑 사이가 안 좋은가? 마법사도 아닌 집사한테 저런 눈빛을 다 하고.'

어떤 어른들의 사정이 안에 숨겨져 있을지 문득 궁금해지는 부분이었다.

이제 노힐 가문의 집사를 따라 도시 안으로 진입했다.

"……."

도시의 풍경을 눈에 담는 순간, 미묘한 감정이 느껴졌다.

고향에 돌아온 것 같은 그런 기분이 아니다.

나는 전생에 대마법사가 된 이후로 꼭대기에만 있었다.

그래서 무엇이 바뀌었고 어떤 새로운 게 있는지 전혀 모른다.

그저 처음 온 장소를 보는 기분이었다.

"우와, 5년 만에 보니까 되게 반갑다. 그치, 아르텔?"

내 옆에 꼭 붙어 걷는 헤이가 어느 건물을 가리키며 물었다.

"……어, 그러네."

눈치껏 그게 보육원이라는 건 알았다.

내게 전혀 기억도 없는 그런 보육원.

하지만 기억이 있는 척 행동해야 했으니 적당히 맞장구만 쳤다.

"선생님들 보고 싶다. 특히 원장 선생님은 우릴 잘 보살펴 주셨잖아."

"그랬……지."

헤이는 한껏 추억에 젖었지만, 난 역시 공감할 수 없는 추억들이다.

그래서 더더욱 알은척 연기를 한다는 게 얼마나 힘든 일인지 알게 되었다.

솔직한 심정으로 꼭 '보육원에 가야 할까?' 하고 고민이 되었다.

별로 가고 싶은 마음이 들지 않았다.

그렇게 제법 걸어, 우린 노힐 가문에 도착할 수 있었다.

"너희는 날 따라와."

가문 본가에 도착하자마자 하페르트는 무리의 우두머리라도 된 것처럼 행동하기 시작했다.

노힐 가문의 면적은 작은 왕국을 보는 것처럼 상당히 넓었다.

건물도 몇 채, 쓸데없이 넓어 보이는 정원까지.

그런데 도대체 노힐 가문의 가주가 몇 서클 마법사이기에 이런 가문을 가질 수 있는 걸까?

노힐 가문은 분명히 내가 대마법사였던 시절, 존재하지도 않았던 가문이다.

가문의 면적은 곧 가주의 기량을 나타내는 하나의 척도인데, 현재 노힐 가문을 놓고 보자면 불 원소 대표 가문인 에드 가문과 비슷하거나 조금 더 넓을 것 같은 정도다.

"교감 선생님께선 이쪽으로 오시죠."

집사는 포머를 다른 곳으로 안내하려 했다.

"왜지? 난 학생들과 있으면 안 되나?"

"하하."

집사는 안 그래도 짙은 주름을 더욱 짙게 만드는 미소를 보이더니, 조심스럽게 그에게 귓속말로 무슨 말을 전했다.

"……."

그 직후 포머의 표정은 갈등으로 먹칠이 되었고, 고개를 천천히 끄덕였다.

처음 둘이 마주쳤을 때 경계의 눈빛을 보내던 그였는데, 무슨 말을 듣고 저렇게 고개를 끄덕이는 걸까?

집사는 이내 그를 우리와는 다른 곳으로 안내했다.

"도련님, 가주님께서 식사가 준비되는 건 2시간 후라고 하셨습니다. 그때에 맞춰 대식당으로 가시면 됩니다."

"알았어."

집사가 떠나기 전 그에게 남긴 말이었다.

'대식당? 식당이 여러 개가 있어?'

노힐 가문의 첫인상은 그다지 좋지 않았다.

이제 하페르트가 우리를 이끌며, 가문 이곳저곳을 구경시키기 시작했다.

"여긴 우리 가문의 도서관. 난 학교에 입학하기 전부터 여기에서 공부했어."

"우와…… 학교 도서관보다 넓어!"

"맞아, 훨씬 넓지. 그리고 책도 학교에 있는 거랑은 차원이 달라."

그저 자기 자랑의 시간이다.

하지만 아무것도 모르는 다른 학생들은 그저 하페르트를 향해 부러움의 시선을 한껏 보냈다.

"그리고 여긴 교실이야."

도서관에서 나오니 하페르트가 바로 옆에 있는 방에 들어가며 설명했다.

넓은 방임에도 책상은 몇 개가 고작이었고 대신 칠판이 방의 면적만큼이나 넓었다.

아니, 그저 저 큰 칠판 전용 방이라고 봐도 될 정도였다.

"교실? 가문에 교실이 왜 있어?"

"가문의 마법사는 학교에 입학하기 전부터 가문에서 마법을 배운다고 했잖아. 그래서 너희들보다 내가 더 뛰어난 거야."

"그렇구나……. 그래서 학교에서도 금방금방 배울 수 있었던 거구나."

"난 이미 가문에서 배운 거니까."

하페르트는 한껏 거만한 표정을 지으며 특히 나와 밴시를 시선으로 한 번씩 훑었다.

어딘가 원망으로 가득한 시선이었다.

뭐, 솔직히 어쩌라는 건지 모르겠다.

그건 밴시도 같은 생각이었는지 헛웃음만 짓는 중이다.

어느덧 시간이 흘러, 이제 식사 시간이 되자 하페르트는 대식당으로 우리를 안내하며 말했다.

"학교에서 먹던 거랑은 차원이 다를 거야. 기대해. 그리고 가주님과 함께하는 식사니까 예의를 갖추고."

"이게 바로……."

포머는 집사의 안내를 받아 노힐 가문 구석에 있는 정원에 도착했다.

사실 정원이라고 하기에는 어딘가 석연치 않았다.

보통 가문의 정원이라고 하면 꽃밭으로, 서로 각기 다른 꽃이 알록달록한 색감을 이루며 눈엔 호강을, 마음엔 안정을 주는 장소이기 때문이다.

하지만 포머가 마주하는 정원은 오직 한 가지 식물만 존재하는 곳이었다.

조화란 없고, 그저 딱딱한 전시관의 느낌이었다.

"저희가 드라코 가문에 전달하는 약초입니다. 재배할 수 있는 방법을 터득해서 얼마 전부터 전달하는 양이 비약적으로 늘었죠."

"……."

포머는 드라코 가문이 다른 가문으로부터 약초 일부를 전

달받는다는 건 알고 있었다.

하지만 드라코 가문의 일원인 그도 약초의 쓰임새를 제대로 알고 있지 못했다.

"교감 선생님께서 이렇게 방문하셨으니, 직접 보여 드리라는 가주님의 명을 받았습니다."

"이걸 나한테 보여 준다고 해도 대우가 전과 달라질 일은 없을 텐데."

"하하, 저희가 대우를 바라고 보여 드린 거겠습니까? 이 정도로 대마법사님을 위해 고민하고 움직이고 있으니 그 수고만 알아주십사 하는 마음이죠."

"그게 그거 아닌가?"

"……."

"그나저나 정원이라고 부르기보단 약초밭이라고 부르는 게 맞겠군."

"다 보안을 위한 것들이니까요. 이렇게 직접 걸음을 하셨는데, 차라도 한잔 드시지요. 바로 옆에 차를 마시기에 딱 좋은 장소가 있습니다."

"그런데 가문의 다른 마법사는 어디 있지? 자넨 단순한 집사잖아. 난 마법사와 이야기를 나누고 싶은데."

"그래서 제가 바로 왔습니다."

포머의 바로 뒤에서 새로운 목소리가 들렸다.

느긋하게 고개를 돌리자, 젊은 남성이 그를 맞이했다.

새빨간 머리카락, 눈동자까지 같은 색.

동화가 완벽히 이루어진 불 원소사의 인상착의였다.

"자넨 누구지?"

"노힐 슈페리얼이라고 합니다."

"아, 그래? 처음 듣는 이름이고 처음 보는군."

"에드 분교의 교감 선생님이시죠? 그럴 만도 합니다. 제가 졸업한 학교는 미르네 분교였으니까요."

"최근에 졸업했나?"

"아뇨. 벌써 40년도 넘은 이야기네요. 아무튼, 이제 제가 안내하겠습니다. 자넨 그만 가 봐."

슈페리얼이 집사에게 말하자, 집사는 고개만 정중히 숙인 뒤 조용한 걸음으로 자리를 피했다.

"가시죠."

쪼르르륵.

"전 몰랐는데 이게 제법 역사적인 차라고 하더라고요. 전 대마법사가 즐겨 마셨다는 차라던데. 귀하신 분이 오셨으니, 귀한 차를 대접하는 게 예의겠죠?"

정원 옆에 있는 작은 방에서 슈페리얼이 차를 따르며 한소리다.

방 안에 있는 거라곤 딱 두 명만 맞을 수 있는 작은 원형 테이블.

평소 어떤 용도로 사용했는지 모를 공간이었다.

차가 주전자를 통해 찻잔으로 떨어진 순간, 향이 좁은 방을 가득 메웠다.

전 대마법사 아르키스 에이머는 호명, 작성이 금지된 이름인데도 그가 즐겨 마셨던 차가 귀하다는 이유만으로 지금 시대에서도 귀한 차로 통용되는 중이다.

아이러니한 양면성이 공존하는 셈이었다.

"'보름달'께선 무탈하시죠?"

보름달은 마법사들의 은어.

대마법사를 칭하는 상징적인 단어다.

450년 전의 보름달 전투를 시작으로, 보름달만 우두커니 떠 있는 꼭대기에서 사일러드의 봉인석을 지키는 일을 하는 것이 바로 대마법사이기에 그런 은어가 생겼다.

대마법사라는 호칭은 존경을 한껏 담은 호칭이다.

그렇기에 주로 가문의 마법사들이 많이 사용하는 호칭이기도 했다.

"글쎄, 나도 에드 분교의 교감으로 있기에 뵌 적이 오래돼서."

"저는 한 번이라도 뵙고 싶네요, 하하."

포머가 한 모금 차를 들이켠 순간, 때를 기다렸다는 듯이 슈페리얼도 곧장 따라서 마셨다.

"이야, 맛이랑 향 둘 다 훌륭하네요. 교감 선생님 덕분에 제가 이런 차도 다 마시고. 평소엔 구경도 못 하던 차거든요."

"그랬나."

포머가 그의 다소 산만한 말들엔 신경을 끄고, 다시 차를 마시기 위해 입을 댔을 때였다.

"그나저나 전 대마법사는 이런 차를 매일, 그것도 하루에 식사처럼 몇 번씩이나 마셨다는데 우리를 다 죽일 생각을 가진 파렴치한 마법사 주제에 먹는 건 좋은 것만 골라 먹었나 봅니다."

슈페리얼의 의도를 모를 그 한마디.

순간적으로 포머는 표정이 굳어지며 잠시 찻잔을 들어 올리던 손을 멈출 뻔했다.

적어도 그는 전 대마법사 아르키스 에이머가 어떤 사람인지 잘 알고 있다.

에드 에타르의 친자이기에 아르키스 에이머가 이렇게 폄하된 세상을 혐오하는 사람 중 하나다.

하지만 노힐 가문은 드라코 가문에 우호적이며, 충성을 맹세한 가문.

즉, 그에게 있어서는 적진이다.

포머는 심경과 표정의 변화를 숨기며 그저 차만 마셨다.

"그나저나 갑자기 노힐 가문에서 개방 견학을 추진한 이유가 뭐지?"

그리고 바로 본론으로 넘어갔다.

에타르에게 부여받은 임무이기도 하다.

"가주님의 결정이니 전 잘 모르겠습니다."

"방계나 양자인가 보군, 아무것도 모르다니."

포머는 일부러 신경을 긁는 말을 던졌다.

보통 같으면 상당히 무례한 질문이지만, 적어도 그는 그런 눈치를 볼 필요가 없다.

드라코 가문이라는 소속이 그에게 존재하는 한, 마법 사회에선 대마법사에 버금가는 권력을 휘두를 수 있기 때문이다.

"하하, 아뇨. 이래 봬도 장남입니다."

슈페리얼은 기분 나쁜 기색 하나 없이 답했다.

"장남? 장남이라고 하기엔 나이가 상당히 어리지 않나? 40년 전에 학교에 졸업했다며. 가주는 200년을 넘게 살고 있는데."

"저희 가문의 독특한 성격이라고 해 두죠. 마법 사회를 이끄는 보름달. 저희 가문에서의 장남이 바로 그런 보름달과 비슷한 존재라고 할 수 있습니다. 가주님 다음이죠."

그 말은 장남이 대마법사처럼 '몇 대 장남'과 같은 식으로 계승되는 하나의 직위라는 뜻이다.

노힐 가문은 단순히 장남이라는 단어를 가족 관계를 나타내는 게 아닌, 해당 가문 속에서의 계급으로 쓰고 있었다.

"신기한 성격이군."

"그런데 그게 왜 궁금하십니까? 개방 견학요."

"300년 만에 처음으로 나선 가문이 바로 여기 노힐 가문이야. 궁금할 이유는 충분하지."

"음, 제가 답해 드릴 수 없는 질문이라 죄송스럽네요."

"가주에게 물으면 되지. 가주는 언제 만날 수 있나?"

"일단…… 학생들과 만찬이 끝나면 만나실 수 있을 겁니다. 가주님께서도 학생들과 만찬이 먼저니 양해해 주시길 바라셨습니다."

'나보다 학생이 먼저.'

역시, 노힐 가문이 개방 견학을 추진한 이유는 아르텔을 직접 보기 위한 것으로 해석할 수 있었다.

"그때까지 혼자 있고 싶은데 자리 좀 비켜 주겠나?"

"아, 제가 눈치도 없이 실례했군요. 알겠습니다."

슈페리얼은 다급히 자리에서 일어났다.

그리고 자신의 찻잔에 담긴 차를 술처럼 한 번에 털어 넣고는 고개를 꾸벅 숙이고 그대로 나갔다.

"우와……."

"이게…… 가문의 식사……?"

대식당에 들어서자마자 불 원소 학생들이 내지른 탄성이었다.

학교와 비슷한 면적의 식당.

그리고 길게 뻗은 테이블.

끝과 끝에 앉는다면, 목소리를 증폭시키는 마법이 없고선 목소리가 절대 닿을 수 없을 정도의 크기다.

심지어 출입구도 앞문, 뒷문, 중간 문, 총 세 개나 있었다.

하페르트는 우리를 뒷문으로 안내하며 들어왔다.

그리고 중간 문에는 가문에서 일하는 집사나 하녀가 대기하는 것으로 보아, 뒷문이 손님 전용.

중간 문이 집사와 하녀 전용이고, 바로 앞문이 가주만 이용하는 곳으로 보였다.

'외관에만 신경을 썼네.'

대표 가문도 아닌 그저 일개 구성 가문인데 이런 왕국과 같은 모습은 내 관점에선 조금 눈살이 찌푸려지긴 했다.

이런 가문은 처음 봤기 때문이다.

그리고 거대한 테이블에 놓인 갖가지 요리들.

육류, 해산물 등등.

1클래스 식당에선 절대 볼 수 없는 식재료들로 가득이다.

밴시와 나를 제외한 학생들은 입이 떡 벌어지며 맑은 침이 입가에 절로 고였다.

덜컥.

굳게 닫혀 있던 앞문이 열린 순간, 시종일관 거만했던 하페르트의 표정과 몸짓에 긴장이 서렸다.

터벅.

문밖을 나온 발 하나.

딱 봐도 성인 남자의 발 사이즈다.

그렇게 노힐 가문의 가주가 모습을 드러낸 순간이다.

"가주님께 예의를 갖춰서 인사해라."

하페르트가 조용히 학생들에게 이른 다음 과할 정도로 허리를 푹 숙였다.

강렬할 정도의 새빨간 머리카락과 눈동자를 가진 중년의 남자.

유독 큰 키를 가졌고, 체형은 호리호리했다.

난 전생에서 많은 가주들을 봤지만, 노힐의 가주에게선 가주라는 느낌이 별로 느껴지지 않았다.

보통 그 정도 위치에 있는 마법사면 묘한 분위기를 풍기기 마련인데, 지금 이 노힐 가문의 가주에겐 그런 게 없었다.

내 눈에는 그저 학교에 있는 교수를 보는 것과 같은 느낌이었다.

아니, 냉정히 따지면 니드 교수에게도 못 미칠 분위기다.

그는 테이블 상석으로 뚜벅뚜벅 걸어가, 앉기 전에 학생들의 얼굴을 한번 훑었다.

"여기에 있는 모두가 너와 함께 수업을 듣는 학생들이니, 하페르트?"

"그렇습니다, 가주님."

가주가 친근하고 다정하게 물었지만, 여전히 경직된 하페르트는 딱딱하게 답했다.

나는 가주의 말투에서 자식들을 평민들처럼 가족적인 분위기로 대한다는 것을 알 수 있었다.

"그래, 일단 앉지."

그가 완전히 앉고 나서야 학생들도 따라서 앉았다.

"난 노힐 가문의 가주, 노힐 지크라고 한단다. 다들 배고프지?"

처음 이 가문에 들어섰을 때, 외관만 보고 분위기가 상당히 삼엄한 가문이라고 판단했다.

하지만 가주 지크는 오히려 학생들을 향해 따뜻한 모습만 보였다.

그렇다고 그 모습이 본연의 모습이라고 생각하진 않는다.

내가 0클래스부터 1클래스까지 보아 온 교사들의 모습은 대부분 첫인상과 달랐으니까.

이 시대는 많은 진실이 왜곡된 것과 더불어, 가식도 난무하는 세상이라는 걸 알고 있기 때문이다.

"그럼 일단 다들 맛있게 먹을까? 먹고 싶은 게 더 있으면 저기에 있는 집사와 하녀들에게 말하면 바로 가져다줄 거란다."

지크가 먼저 식기를 들자 하페르트가 따라서 들었고, 그 뒤로 순차적으로 불 원소 학생들이 들기 시작했다.

"우와, 아르텔! 이거 먹어 봐. 이거! 엄청 맛있어!"

역시나 먹성 좋은 헤이는 음식에 완전히 매료된 듯했다.

하지만 난 그럼 음식에 손이 하나도 가지 않았다.

"네가 아르텔이라고 했나?"

한창 식사가 진행되던 중, 지크가 날 보며 물었다.

나는 비록 그 눈빛은 온화해 보일지 몰라도 그 속엔 어떠한 의심과 경계가 잔뜩 서렸다는 걸 알아차렸다.

"네."

"넌 왜 먹지 않니? 음식이 마음에 안 들어?"

"아니요. 그냥 배가 안 고파서요."

나도 그의 눈을 피하지 않고 또박또박 대답하니, 오히려 안절부절못하는 건 하페르트였다.

"네, 옆의 여학생. 그 학생도 아무것도 안 먹는데, 배가 고프지 않아서 그런 건가?"

"네."

밴시도 나와 같은 마음인 듯했다.

지크는 나와 밴시를 유독 그런 눈빛으로 대하는 중이다.

"아쉽구나, 하페르트의 친구들이 온다고 해서 꽤 신경 쓴 것들인데."

친구?

요즘엔 친구들끼리 무리 지어서 협박도 하고 그러나 보다.

그나저나 저 꼬맹이가 나를 친구라고 소개했을 이유는 없고.

아무래도 이 개방 견학의 이유가 나 때문인 것 같았다.

그렇게 나에겐 불편한 식사 시간이 이어졌지만, 다행스럽게도 그 시간은 길지 않았다.

"오늘 내 가문에 온 학생은 총 일곱 명. 너희들 중, 나중에 내 가문의 양자가 될 학생이 몇이나 있을지 기대해 보마."

식사가 끝나자 기다렸다는 듯 지크가 말했다.

평민 출신의 학생들은 그저 가문이 생길 수 있다는 말에 한껏 기댓값이 올라간 표정을 지었다.

"그럼 다른 곳도 구경시켜 줘야지, 하페르트?"

"알겠습니다, 가주님."

"어서 안내해라."

난 이상하게 그 말이 어서 학생들을 데리고 다른 곳으로 나가라는 뜻으로 들렸다.

"다 먹었으니까 일어나자."

하페르트가 먼저 일어나자 그를 따라 학생들도 일어났다.

그리고 뒷문으로 하페르트가 먼저 나갔고, 나머지 학생들도 줄을 이어 따라 나가기 시작했다.

그 모습은 흡사 강가를 유유히 떠다니는 오리 가족의 행렬을 보는 듯했다.

나와 밴시는 줄의 후미에 있었기에 천천히 문을 향해 발걸음을 옮겼다.

그리고 마침내 문 앞에 섰을 때였다.

쾅!

문이 제멋대로 닫히더니.

화르르륵—!

대식당 벽면과 출입문에 뜨거운 불덩이들이 생겨나기 시작했다.

"너희는 잠깐 나랑 얘기 좀 해야겠어."

동시에 지크가 자리에서 일어나며 우리에게 말했다.

표정이 상당히 비장했다.

밴시는 당황한 것을 내색하진 않았지만, 눈빛만은 살짝 흔들리고 있었다.

"무슨 얘기죠?"

"어때, 내 마법? 근사하지 않나?"

무슨 얘기가 하고 싶은 걸까?

갑자기 일개 1클래스 학생에게 자신의 마법을 과시하는 이유가 뭘까?

"예, 그러네요."

"단도직입적으로 묻지. 너희 둘. 1클래스 수준에 맞지 않게 상당히 대단한 재능을 가졌다고 들었다. 특히 너는 더블 캐스터고.”

하페르트는 나를 콕 집어 말했다.

“칭찬, 감사합니다.”

“하지만 더블 캐스터가 얼마나 위험한 재능인지는, 학교 수업 중에 들어서 알 거라고 생각한다.”

그는 스리슬쩍 밴시를 제쳐 두고, 내게 대화를 시도했다.

“예, 들었습니다. 살육의 마법사라는 별명도 있던데요.”

오히려 난 당당하게 답했다.

“정확히 아네. 그래서 한 가지 제안하지. 너희 둘, 내 가문의 양자, 양녀가 되는 건 어떠냐? 내 가문에만 들어온다면 나보다 더 근사한 마법을 구현할 수 있는 학생들이라고 생각하는데.”

너무 뜬금없는 소리였다.

동시에 나와 밴시는 시선을 교환했다.

하지만 그 속내가 궁금한 건 나도 마찬가지.

이유부터 물었다.

“간단해. 넌 평민이잖아. 게다가 더블 캐스터는 훌륭한 재능이지만 불명예스럽고 저주스러운 별명까지 안고 있지. 마법 사회의 관념이라는 게 있는데 가문도 없는 네가 훌륭한 마법사로 성장할 수 있겠나? 하지만 내 가문으로 들어온다면 얘기가 다르지. 널 보호할 힘이 있으니까.”

이상하게 그가 말하는 것 전부는 친절한 권유지만, 그 속

내에선 친절함이 전혀 느껴지지 않는다.

다른 꿍꿍이가 있는 듯이 보였다.

"죄송하지만, 정중하게 거절합니다."

나와 밴시가 시선을 교환한 뒤에 내린 결론이다.

결정적으로, 노힐 가문은 나나 밴시 둘 다 신뢰하는 가문이 아니기 때문이다.

정확히는 지금 시대의 가문들은 전부 다 마찬가지다.

"그래?"

"마법 좀 치워 주시겠습니까? 나가고 싶은데."

"허허, 유감스럽군……."

지크는 마법을 거두지 않고 한참이나 입을 다물었다가 비장한 한마디를 뱉었다.

"내 제안을 거절했으니, 그럼 이제 책임을 물어야겠군."

그럼 그렇지, 불순한 속내가 있는 게 맞았다.

"무슨 책임요?"

"전에 대련 시간도 아닌데 내 아들을 공격했다고 들었다. 감히……."

화르르륵!

이미 출입문과 벽면에 붙은 불덩이들은 더욱 강렬하고, 거대한 불줄기로 변하기 시작했다.

"내 가문의 양자가 되었으면 같은 가문 내에서 일어난 작은 다툼으로 치부할 수 있겠지만, 거절한 이상 천민이 가문을 공격한 중대한 범죄가 되지.”

이제 지크에게서 인자한 아버지 같은 모습은 사라졌다.

정말 원수를 바라보는 눈빛을 하고 있었다.

화르르륵—!

동시에 그가 구현했던 마법은 한층 더 강해졌다.

이건 명백히 죽이겠다는 의도가 다분하다고 느낄 정도였다.

“대련 시간도 아닌 상황에서 공격했다고 들었다. 천민 주제에 가문의 마법사를 공격했으면, 너도 똑같이 당해야지? 더블 캐스터라는 재능 좀 가졌다고 하늘 무서운 줄 모르는구나.”

역시, 그가 했던 제안에 친절함이 느껴지지 않은 이유가 있었다.

그는 이것을 노렸던 게 분명했다.

단순히 하페르트를 끔찍이 아껴서 이런 일을 꾸민 건가?

그렇다고 한들, 가주가 이렇게 직접 나서 1클래스를 협박하는 일은 역사적으로도 없었다.

게다가 직접 공격하려고 하다니.

내가 지금 대마법사라는 신분을 그대로 유지하는 중이었다면, 노힐 가문은 그 순간 가문 자격이 박탈당할 수도 있었다.

마법사는 강력함을 나타내는 수치인 서클에 얽매이지 않

고, 그에 맞게 처신해야 한다.

내 눈으로 보는 지크는 7서클 정도.

니드와 비슷한 수준일 거다.

아니, 그래도 가주라는 위치를 생각하면 니드보다 몇 수 정도는 위에 있을지도 모른다.

그런 7서클이 1서클 학생에게 마법으로 협박하는 것도 문제인데, 마법의 수준은 더 문제다.

절대로 학생에게 겨눌 마법이 아니다.

게다가 이 일이 알려지면 노힐 가문도 마법 사회에서의 입지가 온전치 않을 게 분명한데도 이렇게 당당하게 나오는 것을 보면, 뒤를 봐주는 누군가가 있다는 뜻일 터다.

명색이 한 가문의 가주인데 생각 없이 행동할 리가 없으니까.

"게다가 네가 내 제안을 거절한 건 노힐 가문의 가주인 나까지 업신여긴다는 뜻이지. 가문이란, 마법 사회에서 또 하나의 법이다. 그리고 네가 하페르트를 공격했으니, 그에 따른 책임을 져야지."

"뭘 어떻게 책임지라는 건지 모르겠네요."

"네가 하페르트를 공격한 것처럼, 너도 몸으로 받아 내면 돼. 마법사는 자신의 행동에 책임질 줄도 알아야 하는 법이야."

"저걸 맞으라는 소리로 들리는데요?"

나는 벽과 문에 구현된 마법을 눈짓하며 물었다.
그는 고개를 끄덕이지도, 그렇다는 대답을 하지도 않았다.
하지만 표정만 보고 알 수 있었다, 내가 생각하는 방법이 맞다는 것을.
게다가 마법의 수준을 감안한다면 일반 학생이 맞을 경우 적어도 며칠은 깨어나지 못할 것이다.
'가주가 학생을 직접 공격해? 그것도 이런 유치한 이유 때문에?'
나는 용납할 수 없었다.
"미친 소릴 다 하네."
하도 어이가 없어, 생각도 거치지 않고 말이 그대로 튀어 나왔다.
"……뭐?"
"이런 게 가문이라고……."
"내 마법을 보고 이성을 상실했니, 꼬마야?"
"꼬마라……."
좌라라라락-!
동시에 난 얼음 구체 하나를 구현했다.
"난 너에게 꼬마란 소릴 들을 사람이 아니라서. 오히려 네가 나한테 꼬마라는 소리를 들어야지, 애송아."
내가 구현한 마법은 프로즌 스론(Frozen Thrawn).
물 원소, 빙결 마법.

9서클 마법인 보주화의 하위 호환용 마법이다.

생성된 얼음 구체는 보주와 비슷한 크기로, 앞으로 뻗으며 나가 무수히 많은 고드름들을 사방으로 난사하는 마법이다.

"학생에게 제법 위험한 마법을 사용하네. 네 불은 내가 거둔다."

"음?"

학생들과 지크의 만찬이 끝나길 기다리던 포머는 강한 마력을 느끼고 몸을 움찔거렸다.

"누구……지?"

분명히 지금 노힐 가문에서 누군가 강한 마법을 구현하는 중이다.

그런데 처음엔 하나의 마력만 느껴지더니 곧이어 바로 누군가가 맞대응이라도 하는 듯이, 그보다 더 강한 마력이 느껴졌다.

포머는 마력이 느껴진 곳을 쳐다봤다.

대식당이 있는 건물.

지금 저 안엔 지크와 학생들밖에 없을 것이다.

그런데 누가 이토록 강한 마법을 보인단 말인가?

아니, 이런 마법을 구현할 일이 있나?

느껴지는 마력이 단 하나라면 지크 가주가 학생들에게 자신의 마법을 뽐내는 시간이라고 생각할 수 있다.

하지만 두 개라는 게 문제였다.

어떻게 된 영문인지 확인하기 위해 포머는 대식당이 있는 곳으로 향했다.

구현한 프로즌 스톤을 손가락으로 튀기자, 프로즌 스톤은 천천히 지크에게 다가가며 대식당 전체에 고드름을 난사하기 시작했다.

퍼석-!

쩌저적-!

지크가 구현한 출입문과 벽의 불 원소 마법들은 고드름을 맞은 즉시 사라지며, 순식간에 대식당에 빙하시대가 찾아왔다.

"너…… 누구냐? 불과 어둠의 더블 캐스터라는 놈이 어떻게 빙결 마법을……."

1클래스 학생에겐 볼 수 없는 수준 높은 마법.

아니, 지크 본인도 이런 수준의 마법은 구현할 수 없을 것이다.

그는 당황했지만, 그래도 경계의 눈초리를 거두지 않은 채

날 노려보며 물었다.

"알 거 없어. 어차피 넌 아무것도 기억하지 못하게 될 거야."

그리고 난 허공에서 손을 한 번 휘둘렀다.

내 손가락과 연결된 고드름의 일부를 지크에게 날리기 위함이었다.

휘리릭! 푹!

성공적으로 지크의 몸을 찌른 고드름은 금방 녹아내려, 물로 변했다.

이제 고드름은 나와 지크를 단단히 연결해 줄 것이다.

"지금 뭐 하는……."

내 의도를 하나도 모르는 밴시가 옆에서 물었다.

"조용히 있어. 집중에 방해되니까."

다 나도 생각이 있어 행동한 것이다.

그저 혼내 주겠다는 마음 하나만 가지고 1클래스 신분으로 이런 수준 높은 마법을 보인 게 아니란 말이다.

지크의 몸을 공격하되, 상처는 남기지 않는다.

해당 조건에 부합하는 마법이 바로 프로즌 스론이라고 생각했기 때문이다.

"정말 개방 견학을 주최한 이유가 우릴 협박하기 위함인지, 내 눈으로 직접 확인한다."

"무슨……?"

내 마법이 지크에게 붙은 상태이니 조건은 충족됐다.

바로, '링킹'을 사용할 수 있는 조건.
그리고 링킹은 상대의 정신에 침투하는 것.
하지만 그것만 있는 게 아니었다.
링킹이 가진 또 다른 효력.
상대의 기억을 멋대로 헤집을 수 있다.
이번 링킹은 지크의 기억을 뒤지기 위함이다.
그렇게 나는 지크의 기억을 하나하나 살펴보기 시작했다.
마치 주마등처럼 그의 기억이 내 눈앞에 빠르게 재생되었다.

"가주님, 부탁이 하나 있습니다."
"그래, 우리 귀여운 막내. 무슨 부탁이지?"

의심되는 기억 하나를 찾았다.
장소는 어딘지 모른다. 그래 봤자 이 가문의 시설물 중 하나일 것이다.
하페르트는 정중하게 무릎을 꿇고 있는 상태였고, 난 지크의 시선으로 그를 내려다보는 중이었다.
그러고 보니 하페르트는 방학 시작 전에 한 번 외출한 적이 있었다.
아무래도 이 기억은 그 당시의 일인 것으로 보였다.

"1클래스에 아르텔이라는 불과 어둠의 더블 캐스터가 있습니다. 그 녀석 때문에 어쩌면 올해 안에 2클래스로 승격하지 못할 것 같습니다."

"하페르트, 네가 1클래스에 얼마나 있었지?"

"2년……입니다. 죄송합니다."

"내 가문에서 1클래스에 2년이나 있었던 자식은 없었는데…… 그 이유가 무엇일까?"

"죄송합니다, 가주님."

"밴시라는 여학생도 있다며? 거기에다 더블 캐스터까지. 그 둘 때문에 주눅이라도 든 것이더냐?"

"그건 아닙니다. 그래 봤자 둘은 천민입니다. 하지만…… 그 더블 캐스터의 마법을 제가 한번 맞아 봤는데…… 수준이 달랐습니다."

"뭐? 천민 주제에 너를 공격했다고?"

"……예."

"그깟 재능 좀 가졌다고 선을 넘는 녀석이구나. 그래서 부탁이 뭐지?"

"가문의 도서관을 찾아보니 개방 견학이라는 게 있었습니다. 가주님께서도 잘 아실 거라고 생각합니다."

지크가 거짓말을 하진 않았다.

개방 견학이 나와 밴시 때문에 결정된 게 맞았고, 그 시작

은 하페르트였다.

내게 공격당했다고 말하는 것은 두 번째 대련 전날, 날 협박하다가 당한 걸 뜻하는 거겠지.

"개방 견학? 학생들을 가문으로 초대하는 것?"

"네, 그렇습니다."

"그래서 그 부탁이라는 게 개방 견학을 해 달라는 거냐?"

"맞습니다."

"개방 견학이라……."

현재 내가 보는 기억은 당시 지크의 시선을 그대로 따라가는 중이다.

지크는 무언가를 깨닫고, 고개를 끄덕였다.

"그래, 한번 추진해 보마. 그리고 재능만 믿고 까불지 못하도록 단단히 교육하지."

"감사합니다! 가주님!"

그것이 기억의 끝이었다.

'어처구니없네.'

모든 것을 알게 된 나는 링킹을 마무리 짓기 위해 그만 그의 기억에서 나가려 했다.

그때 다른 기억이 보였다.

지크는 거대한 방에서 혼자 모브를 쳐다보고 있었다.

누군가와 연락을 취하는 중이었던 것이다.

—보름달의 전보입니다.

보름달.

대마법사를 칭하는 은어.

동시에 기억에서 나가려던 내 발목을 붙잡는 단어이기도 했다.

그저 개방 견학을 추진하는 데 왜 대마법사까지 나온 걸까?

지금의 대마법사는 타일런트다.

조금 더 확인해 볼 필요가 있었다.

"뭐라고 하셨습니까?"

—노힐 가문의 개방 견학을 허락한다고 하셨습니다. 300년 동안 한 번도 진행한 적이 없던 문화인데, 노힐 가문이 선뜻 나서 주니 기뻐하시더군요.

"감사합니다."

—그리고 보름달께서 한 가지 당부하셨습니다.

"그게 뭐죠?"

—이번 개방 견학의 대상이 에드 분교의 1클래스 학생들이라고 했죠?

"네, 그렇습니다."

—학생 중 아르텔이라는 학생이 있습니다. 그 학생을 유심히 관찰하고, 보고하라는 지시입니다.

"아르텔……."

'더블 캐스터라서 보름달께서 눈여겨보고 계신 건가?'

지크의 기억 속에 있기에, 그 당시 지크가 무슨 생각을 했는지도 난 전부 알 수 있었다.

"알겠습니다. 그렇게 하겠습니다."

—아, 그리고 보름달께서 약초는 늘 고맙다고 수고가 많다고도 하셨습니다.

"영광입니다."

—네, 그럼 이만.

그렇게 기억은 완전히 끝이 났다.

난 링킹을 곧장 해제하지 않고, 내가 대식당에서 지크를 향해 마법을 구현한 방금의 기억으로 들어갔다.

허공을 향해 손을 쫙 편 상태로 기억에 완벽히 침투한 그 순간, 나는 손을 가볍게 움켜쥐었다.

남들의 눈엔 아무것도 없는 허공에서 주먹을 쥔 것이겠지만, 사실 이건 기억을 숨기기 위한 행동이다.

검은 천을 덮어 내용물을 볼 수 없게 하는 원리다.

난 단순히 일부분을 기억하지 못하게 덮어 버리는 것이지만, 당하는 사람은 기억이 삭제되었다고 느끼게 된다.

기억의 한 부분이 완전히 까맣게 변해 아무리 용을 써도 떠오르질 않으니까.

기억까지 침투할 수 있는 링킹은 숨기는 것도 가능하다.

그 부분의 기억만을 숨긴 뒤, 대식당에 구현해 놓은 마법도 전부 거뒀다.

그리고 링킹을 해제했다.

링킹이 끝난 지크는 초점 없는 눈으로 우두커니 대식당에서 있기만 했다.

꼭 영혼이 빠져나간 사람의 모습이었다.

링킹으로 기억 일부를 숨기면 잠시 저 상태가 된다.

"나가자, 밴시."

나는 그 틈을 놓치지 않고 밴시를 데리고 대식당에서 나왔다.

아르텔이 나가고 약 2분 뒤.

"아."

지크는 전구가 켜지는 것처럼 정신이 번쩍 들었다.

"……내가 여기에서 뭘 하고 있었지?"

그는 밴시, 아르텔을 따로 남게 한 기억을 전부 잊은 상태였다.

그가 기억하는 마지막 부분은 하페르트가 학생들을 데리고 다른 곳을 구경시켜 주러 이 식당을 나선 것.

나머지는 지우개로 한 번 쓱 문지른 것처럼, 새까맣게 변해 아무것도 기억나지 않았다.

"이상한데……."

하지만 기분은 영 불쾌하고 찝찝한 게, 안 좋은 일을 겪은 것만 같았다.

"걸음걸이가 이상한데……."

밴시와 함께 복도를 걷는 도중, 그녀가 내게 한 말이다.

"부작용이야, 링킹의 부작용."

"지크 가주에게 뭘 한 겁니까?"

"기억 일부를 숨겼어. 우리 둘이 남아 있던 그 순간부터 나오기 전까지."

"……링킹으로 그런 것도 가능합니까?"

"마나 주입도 가능한데 상대 기억을 숨기는 게 불가능할까?"

"아, 그렇군요."

휘청.

"우왁?"

그 순간 난 발을 헛디디며 딱딱한 복도에 그대로 이마를 찧을 뻔했지만, 밴시가 순발력 있게 내 몸을 붙잡았다.

"괜찮으십니까?"

"어, 괜찮아. 다리 한쪽을 조금 절 뿐이야. 상대 기억을 숨기면 이게 문제야. 몸이 말을 안 들어."

"어쩐지, 그래서 그런 수준 높은 마법을 구현한 것이군요. 솔직한 심정으로 무슨 생각을 가지고 그런 행동을 보인 건지 당황했습니다."

"근데 그게 중요한 게 아니야. 지크의 기억을 뒤지던 중에……."

뚜벅뚜벅.

한창 밴시와 이야기를 나누던 중, 멀지 않은 곳에서 발소리가 들려왔다.

"밴시, 몸을 숨기자."

"네."

나와 밴시는 발소리가 더 가까워지기 전에 황급히 복도 기둥 뒤에 숨었다.

상대가 누군지 모르는 상태에서 복도에서 마주친다면, 난처할 상황만 마주할 것이라는 내 직감을 믿었다.

우리가 숨자마자 드디어 발소리의 주인이 모습을 보였다.

바로 교감 포머였다.

포머는 우리가 숨은 기둥을 지나쳐 앞을 향해서만 갔다.

그가 멈춘 곳은 대식당 앞이었다.

"몰래 빠져나가자. 포머가 왜 갑자기 나타났는지 모르겠네."

"알겠습니다."

최대한 발소리를 숨기며, 포머의 눈치를 보고 슬금슬금 복도를 빠져나갔다.

어느 순간 뒤를 돌아보니, 포머는 대식당 앞에 없었다.

대신, 식당 문이 활짝 열려 있는 것으로 보아 안으로 들어간 듯했다.

대식당으로 들어온 포머는 식당의 상태부터 살폈다.

분명히 거대한 마법이 두 번이나 구현된 적이 있는 곳인데도, 식당은 그저 평온할 뿐이었다.

단 한 사람만 빼고.

가주 지크는 넋이 반쯤 나간 표정으로 우두커니 서 있을 뿐이었다.

"지크 가주."

"아, 교감 선생님이시군요. 언제 들어오셨습니까?"

도대체 무슨 생각을 그렇게 골똘히 하고 있었기에 자신이 들어온 줄도 모르고 있었을까?

지크 가주의 상태는 정상적이라고 보기엔 다소 무리가 있었다.

"방금 여기에서 꽤 강력한 마력이 느껴졌는데. 자네가 그런 건가?"

"……예?"

그런데 지크의 표정이 너무나 이상했다.

정말 모르겠다는 표정이었다.

"두 개가 연달아 느껴져서 묻는 거야."

"……예? 두 개가 느껴졌다고요?"

그런데 지크는 정말 모르겠다는 표정을 지으며 되물었다.

궁금증으로 가득한 그 표정 속엔 혼란도 적지 않은 비율로 섞여 있었다.

한참을 혼란스러워하던 지크는 이내 토해 내듯 말했다.

"……사실…… 기억이…… 안 납니다."

"기억이 안 나?"

"네, 하나도……."

표정을 보면 절대 거짓말을 하는 것 같지 않다.

그것은 지크의 표정이 지크 자신조차 주체할 수 없을 정도로 이상하게 변해 가는 것만 봐도 잘 알 수 있었다.

"으윽……."

그리고 무슨 일이 있었는지 정확히 생각하려는 순간, 그는 머리를 쥐어뜯듯 잡으며 자리에 주저앉았다.

"왜 그러지, 지크 가주?"

"머리가…… 깨질 듯 아픕니다……."

마법사에게 있어 두통은 주로 과도한 마법 구현으로 인한 증상 중 하나다.

마침 포머도 7서클 이상의 마법을 느꼈기에 수긍할 수 있는 증상이었지만, 지금 지크가 호소하는 두통은 그가 알고 있는 그 증상과 다르다는 것이 문제였다.

"도대체 무슨 일이 있었길래 가주인 자네가 이런 모습이야?"

"모르겠습니다……. 왜 아무것도 기억이 나질 않는 건지……."

포머가 느낀 강력한 마력은 두 개.

하나는 지크 본인이 구현한 것이라고 했으니, 나머지 하나는 정해져 있다.

아르텔과 밴시 중 그만한 능력을 가진 학생은 바로 아르텔.

밴시는 그저 1클래스 중에서 뛰어났을 뿐이지만 아르텔은 더블 캐스터이니, 아르텔일 확률이 비약적으로 상승한다.

'내가 잘못 느꼈을 리는 없어. 분명히 7서클보다 강한 마법

이었어.'

그런데 아무리 더블 캐스터라고 한들, 어떻게 1클래스 학생에게서 그런 마법이 나올 수 있겠는가?

지금 지크의 상태만 보더라도 아르텔이 무언가를 했다고밖에 해석할 수 없었다.

"……."

포머는 지크를 한참이나 바라보다가 대식당에서 나갔다.

지크의 상태를 보아하니, 무슨 목적을 가지고 개방 견학을 열었는지 물을 수가 없었다.

마음 같아선 당장 아르텔을 찾아 무슨 일이 있었는지 알아내고 싶었지만, 포머는 이내 관뒀다.

캐면 캘수록 그 실체가 드러나기는커녕 혼란만 가중된다.

이런 상황에서 아르텔을 추궁한다고 한들, 아무것도 알아낼 수 없다.

지크는 분명히 아르텔, 밴시와 함께 있었는데 아무런 기억도 나지 않는다고 했다.

자신도 그렇게 될 수 있기 때문에 당장 찾아가서 알아내는 것보다 에타르에게 보고를 하는 게 먼저라고, 포머는 생각했다.

'기억을 지우는 마법이 존재할 리는 없고……. 도대체 지크 가주가 왜 저런 모습이야?'

플레우드 원소 마법을 살면서 한 번도 접해 보지 않은 포머는 링킹이라는 마법의 존재 자체를 모른다.

그렇기에 궁금증만 더 커져 갈 뿐이었다.

❦

"다른 학생들은 어딜 견학 중일까?"

"찾아가시게요?"

"아니, 됐다. 잠깐 쉬고 싶었는데 잘됐지."

밴시와 난 노힐 가문 구석에 있는 정원에 자리 잡았다.

링킹의 후유증을 회복할 생각으로 인기척이 느껴지지 않는 곳을 찾은 것이다.

"어차피 돌아갈 때가 되면 우릴 찾으러 다닐 거야. 그럼 가문이 원체 넓어서 길을 잃었다고 하면 되지. 우리의 모습은 어린아이잖아?"

어린아이는 길을 쉽게 잃으니 그 누구도 의심하지 않을 것이다.

"그런데 링킹에 기억을 숨기는 효과도 있다는 거…… 오늘 처음 알았습니다."

"아, 원래는 없었어. 링킹을 그렇게 진화시킨 건 내 스승님이었거든."

"예? 알라이즈 페트라 님이? 그럼 아르키스 님도 알라이즈 님께 전수받은 겁니까?"

"아니, 스승님은 링킹에 대해서는 절대 알려 주지 않았지. 계승되어 대중적인 마법이 되면 상당히 위험한 마법이라고 생각해서 말이야. 오용과 남용을 걱정하셨지."

"확실히 대단한 마법이니까요. 상대의 기억을 주무르는 마법이니까!"

"덧붙이자면, 마나를 주입하거나, 연결된 상태의 마나를 사용해서 마법을 구현하도록 진화시킨 건 나고."

내 자랑도 슬쩍 끼워 넣었다.

역시, 밴시의 눈이 초롱초롱하게 빛났다.

과연 '대마법사답군요!'라고 말하는 듯했다.

"그런데 아르키스 님은 어떻게 익히신 겁니까, 링킹을?"

난 주변을 슬쩍 한번 훑었다.

주위에 듣는 귀도 없고, 과거를 잘 아는 밴시와 단둘이 있으니 나도 편안한 마음으로 옛날이야기가 자연스럽게 나왔다.

나도 잠시 그 추억에 젖기로 했다.

"내 스승님, 생긴 건 인자한 할아버지지만 교육 방식은 진짜 엄했거든."

"어땠길래요?"

"스승님이 알려 준 마법을 익히면 바로 링킹으로 연결해서 그 기억을 숨겨 버렸어. 그럼 난 마법을 익힌 줄도 몰랐지."

내 말에 밴시가 깜짝 놀라며 물었다.

"왜 그러신 겁니까?"

"인간의 심리라는 게, 한번 힘들게 익힌 마법은 다시 연습할 생각을 안 하려고 한다는 게 이유지. 스승님은 늘 반복, 숙달을 강조하셨거든. 한번 익혔다고 거기에서 끝이 아닌 익혔다는 사실을 숨겨 버리면 자연스레 연습하게 되니 남들과는 근본부터 다른 마법을 가질 거라고. 기억은 없어도 기록은 있다는 말이 있잖아? 나는 자각하지 못했지만, 내 뇌는 아는 거지. 그 마법을 익힌 기록이 있다는 걸."

"아아…… 확실히 엄한 지도법이지만, 그래도 의미가 있네요. 그런데 기억을 덧칠했다는 사실은 어떻게 아신 겁니까? 결국, 알라이즈 님이 알려 주셔서 알게 된 게 아닙니까?"

"아니야. 스승님이 어느 날 실수를 했거든. 전부를 숨긴 게 아니라 일부분만 숨기셨어. 링킹을 사용하면 내가 다리를 저는 것처럼, 스승님도 과도한 사용에 무리가 왔던 거지."

"아하, 그렇게 알게 되신 거군요."

"응. 그리고 의미 있는 지도법은 아니야. 괴롭기만 하더라."

그러다 문득 내 시선은 하늘을 향했다.

밴시와 옛 과거의 이야기를 풀어냈을 뿐인데, 정말 난 그 당시 스승님과 함께했던 나날 속에 있는 착각이 들었다.

"그 뒤로 링킹에 단점은 없는지 궁금해지더라고. 그래서 스승님 몰래 실험 하나를 했지."

"무슨 실험을……?"

"기억을 조작하는 링킹. 정신만 바짝 차리면 저항력이 생기지 않을까 하는 의문에서 시작된 실험이었지."

"결과는요?"

"의식하니까 이제 내가 링킹에 당하는 중이라는 걸 자각하게 되더라. 그때마다 기억을 잃은 척, 연기를 했지. 그런데 신기한 건, 십수 년을 링킹에 계속 당하니까 나도 모르게 링킹을 어떻게 구현하고 활용하는지 터득하게 되었다는 거야. 스승님이 알려 준 적도 없는데."

그런데 이번엔 밴시는 고개를 갸웃거렸다.

무슨 의미인지 안다.

마법에 계속 당한다고 그 마법을 터득할 수 있나?

기본 원리나 개념도 모르는데?

이런 의구심으로 가득한 상태일 것이다.

"결국, 내가 링킹을 익혔다는 걸 눈치채신 스승님의 태도가 달라지기 시작했어."

"혼나셨나요?"

"아니, 마법을 당한 것만으로 익히는 건 대단한 재능이라면서 분명히 이렇게 말씀하셨지."

난 목을 가다듬고 스승님의 말투, 목소리를 흉내 내며 당시 내가 들었던 말을 재현했다.

"에이머, 그간 너의 진가를 알아보지 못하고 맞지 않는 교육 방식으로 널 학대했구나. 미안하구나."

내 성대모사에 밴시는 소리 없이 작게 웃었다.

"그저 마법을 주기적으로 당했다고 그 마법을 익히는 게 그렇게 대단한 능력인 줄은 난 몰랐지. 그 뒤로 내가 배우는 마법들은 차원이 달랐어."

"어떤 마법을 배우셨습니까?"

"보주화가 가장 기본적인 마법일 정도. 그때 모든 원소의 보주화를 익혔지."

"……보주화. 단일 원소사들 중에서도 1% 비율도 되지 않는 마법사만 익히는 특별한 9서클 마법인데도, 그런 보주화가 기본적일 정도라면……."

밴시는 은근히 부러운 눈치였다.

그 심정은 이해할 수 있다.

어려서 가족 전체를 잃었고, 혼자 험난하게 살아왔으니 옆에서 알려 줄 누군가가 필요했을 거니까.

"부러워하지 마. 정말 지옥 같았으니까. 뇌가 녹아내린다는 표현이 뭔지 난 그때 알았어."

"전 고작 6서클이고, 그마저도 정식 6서클도 아닌데 저에겐 당연히 부럽죠."

"뭐…… 그렇겠지만……."

"그 당시 아르키스 님은 몇 서클이었습니까?"

"그때가…… 5서클과 6서클 사이였지."

"그럼 그때부터 이미 대마법사 후계자 수업을 진행하신 거군요?"

"그건 아니야. 난 대마법사가 될 생각은 없었으니까. 그저 스승님 곁에 오~래 있고 싶다, 이런 생각만 가지고 있었어."

그 정도로 내가 존경했던 분이다.

대마법사라는, 마법사로서 오를 수 있는 최고의 자리가 욕심이 나지 않을 정도로.

"아하……."

"그랬지. 그땐 그저 스승님 옆에 있기에 부족한 제자가 되지 말자, 이 생각뿐이었는데……."

그렇게 스승님 곁에서 마법을 배우며, 내가 행복과 만족 둘 다를 쟁취한 나날은 오래가지 않았다.

바로 사일러드 때문에.

"사일러드가 전부 부쉈지. 내 스승님의 목숨까지 제물로 바쳤는데도 죽이지 못하고 봉인하는 게 전부였으니까. 게다가 같은 어둠 원소인 내 제자 드라코 타일런트에게 배신당해 죽기까지 했으니 내가 검은색만 보면 속이 뒤틀리는 거야."

"충분히 그 심정이 이해가 갑니다. 제가 에타르를 보는 심정과 똑같을 거라고 생각되니까요."

"너나 나나 참 사연 많은 마법사야, 그렇지?"

밴시는 고개를 작게 끄덕였다.

이윽고 이야깃거리가 떨어져 침묵이 찾아왔다.
밴시가 교복 안에서 작은 물병을 꺼냈다.
병 안에 든 액체의 색이 꼭 이끼가 잔뜩 낀 썩은 물과 같았다.
밴시가 물병의 뚜껑을 열자 악취가 진동했다.
"윽. 뭐냐, 그 물병은?"
"약입니다."
"무슨 약?"
"성장을 멈추는 약요. 주기적으로 마셔야 해서."
"아…… 저번에 말한 그거구나. 얼른 마셔."
이젠 저 독한 약을 마시는 것도 익숙한지, 목으로 넘길 때도 찡그리는 표정 하나 없다.
옆에 있는 내 코가 이렇게 괴로울 정도인데 어떻게 저걸 참고 마시는지 나도 궁금할 따름이었다.
"대단하다……. 냄새만 맡아도 구역질이 나는데."
"에타르가 저지른 역겨운 짓들보단 훨씬 나으니까 참을 수 있습니다."
성실했던 내 제자가 다른 사람에겐 꼭 죽여야 할 원수가 된 이 상황.
그리고 그 제자는 내가 살아 있음을 알아챈다면, 나도 죽일 수도 있다.
"갑자기 서글프네."

"뭐 때문에 그러십니까?"

"내가 그렇게 애지중지 키운 제자 녀석이 지금 시대에선 천하의 몹쓸 놈이 됐다는 거. 그것도 하나도 아니고 둘이나. 다 내가 그렇게 키운 건가, 싶기도 하고."

"그게 아르키스 님 잘못은 아니죠. 마법도 어떤 사람이 활용하느냐에 따라 그 의도나 성질이 달라지지 않습니까?"

"네가 그렇게 말하니 조금…… 위로는 되네."

"저도 이번 방학이 여태 맞이했던 방학과는 비교도 못 할 정도로 즐겁습니다."

밴시의 말은 뜻밖의 것이었다. 나는 다소 그늘진 얼굴로 입을 열었다.

"뭐가 그렇게 즐겁다고……."

"그간 대화 상대도 없었고, 누구와 친하게 지낼 생각도 안 했는데 영광스럽게도 대마법사…… 아니, 보름달인 아르키스 님과 이렇게 많은 대화를 나눌 수 있어서요."

한층 더 활기를 띤 밴시의 말이 들려온다. 나를 '보름달'이라 칭하는 말에서 밴시의 배려가 느껴졌다.

"그런데 아르키스 님, 감히 어려운 부탁 하나 드려도 되겠습니까?"

"뭔데?"

"으음……."

기껏 물어봐 놓고는, 밴시는 부탁이 뭔지 시원하게 말하지 못하는 중이다.

분명히 '어려운 부탁'이라고 했으니, 선뜻 말할 용기가 나지 않은 것으로 보였다.

"그 정도로 어려워?"

"말하기 어렵다기보단…… 아르키스 님께 폐를 끼칠 것 같으니까요."

"나를 생각하면서 말하네? 그럼 더더욱 부탁이 뭔지 말해야지."

"사실 제 개인의 욕심이 큰 부탁이기도 합니다."

"아! 답답해!"

자꾸 질질 끄는 밴시의 말에 그녀의 이마를 찰싹 때렸다.

"빨리 말해라."

"아…… 네."

잠시 생각을 정리한 밴시는 드디어 그 부탁을 어렵게 입 밖으로 꺼냈다.

"당장 들어 달라는 부탁은 아닙니다. 어차피 들어주신다고 해도, 당장은 들어주실 수 없는 부탁이니까요."

"서론은 생략하고 본론만."

"아, 네. 나중에 에타르…… 그 개자식을 만나게 되었을 때 링킹을 에타르에게 사용해 주시면 안 됩니까?"

"뭐?"

나로선 전혀 예상도 못 한 부탁이다.

링킹을 에타르에게 사용해 달라.

하지만 의심 가는 부분이 하나 있었다.

"링킹으로 기억을 뒤지고 숨길 수 있다는 걸 알고 하는 부탁 같은데."

"……맞습니다."

그 말은 에타르에게 밴시와 관련된 기억을 뒤져 달라는 뜻으로 해석할 수 있다.

삭제할 만한 기억은 없으니 그저 무언가를 확인하고 싶은 것일 터다.

에타르와 밴시가 연관된 하나의 기억.

"250년 전 일 때문이야?"

"네……."

"그런데 난 궁금하네. 에타르에게서 그 기억을 뒤져서 숨겨 달라는 건 아닐 테고. 왜 그런 부탁을 하는 거지?"

"제 가문을 몰살하던 그 당시, 에타르의 심정이 어땠을지 궁금합니다. 도대체 무슨 생각으로 몰살시켰으며, 어떤 마음가짐이었는지……."

복수는 복수지만, 정황을 알고 싶다는 뜻이다.

그 마음은 이해할 수 있다.

에밋 가문의 입장에서는 가만히 자고 있는데 누군가에게 칼침을 당한 것과 똑같은 거니까.

정황을 알고 복수를 하는 것과, 모르고 하는 건 엄연한 차이가 있다고 생각한 모양이다.

"아쉽네. 그 부탁은 들어줄 수 없어."

"역시…… 무리한 부탁이었군요."

"아니, 무리한 게 아니라 에타르에게 링킹을 사용할 수 없어서야."

"……예? 어째서 그렇게 됩니까?"

"흠, 이번에도 옛날이야기를 좀 해야겠네."

링킹을 사용하면 상대에게 마나를 주입하거나, 서로 정신을 연결하여 머릿속에서만 대화하거나 내가 일방적으로 기억을 뒤지고 숨길 수 있다.

겉보기엔 세상에서 가장 강력한 마법으로 보이겠지만, 강한 마법인 만큼 빈틈이 예기치 않은 곳에 존재했다.

"세상 사람 모두가 알다시피, 에타르를 비롯한 본교와 분교의 교장 전부 내 제자들이잖아."

"네, 그렇죠."

"그래서 에타르뿐만 아닌 내 나머지 제자들에게도 링킹은 통하지 않아. 현 대마법사 드라코 타일런트까지도 말이야."

"그러니까 그 이유가 뭡니까?"

"내가 스승님의 링킹을 자각하니까 저항력이 생겼다고 했지?"

"네."

"그거랑 똑같아. 녀석들이 내 제자였을 때, 내가 녀석들을 지도하기 위해 링킹을 자주 사용했어. 마법 하나를 알려 준다고 가정하면, 어떤 요령으로 해야 하는지 링킹을 연결한 상태로 지도했다고. 링킹은 어쨌든 상대 정신에 침투하는 거잖아. 그래서 다들 내성이 생겼지."

하지만 밴시는 이해를 하지 못하는 표정이었다.

"아무리 그래도 대마법사님의 마력에 못 미칠 텐데, 고작 그 내성이 조금 생겼다고……."

"아니. 링킹의 특성, 상대의 정신에 침투한다. 이 말이 뭐겠어? 감이 안 와?"

난 밴시와 눈을 지그시 마주쳤다.

내가 한 답에 이미 정답이 숨어 있으니 그걸 맞혀 보라는 뜻이었다.

밴시는 한참이나 골똘히 생각하더니, 입을 동그랗게 벌렸다.

"설마, 상대의 정신에 들어가 있기 때문에 자신의 마나는 사용할 수 없는 겁니까?"

"역시, 머리가 좋아. 정확히 말하면 아예 사용할 수 없는 건 아닌, 많은 제약이 걸리는 거지만."

정신은 그 사람이 가진 고유의 영지.

바로 겉보기엔 강력한 마법일 것 같았던 링킹이 가진 예기치 못한 단점이 이것이다.

내 영지를 버리고 맨몸으로 상대의 영지에 들어가는 것이기 때문에 상대가 대비할 줄 안다면, 오히려 내게 독이다.

지금 시대의 대마법사와 분교의 교장들.

그들이 내 제자였던 시절에 내가 이 링킹을 사용해 제자들에게 새로운 마법을 전수하고 이끌었기에 그들은 이미 내성이 완벽히 생긴 상태다.

마법을 전수한 방법도 링킹을 연결한 상태에서 순수 제자들의 마나를 사용해 내가 직접 특정 마법을 구현했다.

그 효과 덕분에 제자들은 어떻게 마나를 사용하고, 어떤 식으로 활용하는 것인지 쉽게 감을 익혔다.

자신의 머릿속에서 전부 일어난 일들이니까.

획기적인 교육 방식에 제자들은 링킹의 저항력이 생겼어도 나를 견제하지 않았다.

당시엔 배움의 욕구가 더 컸으니까.

그런 교육을 자주 했기에, 그들은 이제 완벽한 링킹의 면역자들이 된 것이다.

"그런데 저번에 저한테 링킹 상태로 마나를 주입하지 않았습니까?"

"그건 네가 링킹에 처음 당해서 내성이 아예 없으니까. 그리고 넌 내가 네 정신에 들어갔다는 것도 몰랐잖아, 내가 말을 먼저 걸기 전까진."

"네, 그랬습니다."

"하지만 대마법사와 분교의 교장들은 다르다고. 링킹을

연결한 순간, 내가 정신에 침투한 걸 알고 있으니 먹히지가 않는 마법이야."

"아무리 그래도……."

서로의 마력 차이가 클 것인데, 고작 내성이 조금 있다고 불가능할 수준일까?

밴시는 여전히 그 부분에서의 의문을 버리지 못하고 있었다.

"지크 가주는 속수무책으로 당하지 않았습니까?"

"이 시대에 플레우드 원소사는 이미 멸종했잖아. 그런 시대의 마법사들이 플레우드 원소 고유의 마법인 링킹을 어디서 본 적이나 있길 해? 어떤 마법인지 모르니까 링킹에 당하고 있다는 것도 모르고, 하물며 링킹이라는 이름도 모를 텐데."

"……."

"여전히 못 믿는 눈치 같은데, 내가 너한테 실험을 한번 해봐?"

"예?"

짝!

난 밴시의 대답이 떨어지기도 전에 손바닥에 플레우드 원소 구체 하나를 작게 구현하고, 이마에 가져다 댔다.

그리고 곧장 링킹을 연결하고, 그녀의 기억을 뒤지기 시작했다.

목표 기억은 250년 전, 에밋 가문이 몰살했던 그 기억.

어두컴컴했던 그녀의 머릿속에서 강렬한 불길들이 용솟음쳤고 거대한 저택이 하나 나왔다.

에밋 가문의 본가다.

그리고 그 속에서 온몸에 불이 붙은 채로 괴로워하는 사람들.

누군가는 불이 붙은 채로도 다른 이와 맞서는 중이며, 어떤 이는 이미 숨이 끊겼고, 또 어떤 이는 체념한 듯 불이 붙은 채로 죽음을 기다리고 있었다.

"언니……!"

"델세르! 어서 도망쳐! 너라도 살아야 해!"

"아버지랑 어머니는 어디 계시고요……? 아니, 이게 지금 무슨 일이에요? 왜 갑자기 불이……."

"아무것도 묻지 말고, 뒤도 돌아보지 말고! 무조건 도망쳐! 무조건!"

난 현재 밴시의 시선으로 보는 중이다.

그녀가 언니라고 칭하는 사람은 새하얀 장발과 눈동자를 가졌으며, 피부까지도 하얬다.

내가 아는 마법사는 아니다.

난 지금 의도적으로 밴시에게 있어 괴로운 기억만 꺼내고 있었다.

'기억하고 싶지 않아…… 그만해……!'

그 순간 들린 밴시의 목소리.

내가 기억을 뒤지는 걸 방해하는 중이다.

"데……르! 이…… 리의……! 그러니까……!"

밴시가 반항하기 시작하자, 그녀의 언니가 하는 말 중간중간이 전부 삭제되는 것처럼, 잘리기 시작했다.

무슨 말을 하는 것인지 전혀 예상할 수 없을 정도다.

쩌적-!

급기야 영상처럼 재생되는 그녀의 기억에 금이 간 유리창처럼, 굵은 선이 난잡하게 그어졌다.

난 거기에서 링킹을 해제했다.

"미안하다. 하지만 네가 이해할 정도로 하려면 이렇게 하는 게 맞는 것 같았어."

"하아…… 하아……."

밴시는 대답도 하지 못한 채, 가쁜 숨만 몰아쉬었다.

"이제 내가 왜 안 통한다고 하는지 알겠지? 링킹에 겨우 한 번 당한 6서클인 너도 이 정도로 방해를 해. 그런데 에타르는 8서클 마법사야. 아예 접근이 안 된다고."

"……잘 알겠습니다. 그래도 감사합니다. 제 부탁을 들어주시려는 생각을 하고 계신 거니까요."

"좀 쉬어라. 이젠 네가 쉬어야 할 차례네."

그녀의 인생에 있어서 충격적이고 끔찍한 기억을 억지로

끄집어내서일까?

밴시는 몸까지 미세하게 떨었다.

난 그녀의 어깨를 토닥이며 최대한 진정할 수 있게 도왔다.

그렇게 약 10분이 지나자, 그녀의 어깨를 토닥이는 내 손을 가볍게 잡았다.

"이제 괜찮습니다."

"그래, 아무튼, 그런 이유에서 안 된다는 거야. 솔직히 나도 에타르의 기억을 뒤지고 싶어. 그간 무슨 일이 있었는지 알고 싶으니까. 하지만 그럴 수 없다는 이유가 너무 명확하다는 걸 알아 두라고."

"네, 잘 알았습니다. 결국, 직접 입을 열게 하는 수밖에 없네요."

"힘들지만…… 그게 최선의 선택이지."

이제 둘 다 제법 회복되었고, 슬슬 이 장소도 지루해지던 참이었다.

"일어날까? 노힐 가문을 돌아다니면 누군가가 우릴 발견하고 하페르트가 있는 곳으로 안내하겠지."

"네, 알겠습니다."

그렇게 둘이 일어나 정원을 가로질러 가는 중, 난 그제야 정원의 상태를 제대로 봤다.

"여긴 무슨 정원에 꽃이 한 가지밖에 없어? 이런 걸 정원이라고 부르긴 하나?"

"어⋯⋯ 이건 꽃이 아니라 약초인데요?"

"약초⋯⋯?"

나와 달리 밴시는 가문의 영향이 있어 약학에 박식하다.

그녀는 보자마자 알았다.

"네, 그런데 이거 되게 귀한 약초인데⋯⋯. 이렇게 재배할 수 있는 약초가 아닙니다. 원래 야생에서만 자라는 약초인데 어떻게 재배하고 있지?"

"어디에 쓰는 건지는 알아?"

"쓰임새가 다양하지만, 대표적으로 마력 증강 약물을 만들 때 많이 씁니다. 효과는 확실하지만, 부작용도 당연히 심하고요."

"마력 증강? 혹시 네가 저번에 말한 약물로 인해서 일시적으로 더블 캐스터가 될 수 있다는 그 약, 그것도 이게 재료로 들어가나?"

"그 약물은 제가 직접 본 적이 없어서 모릅니다. 하지만 이론상으로는 충분히 들어갈 수 있을 겁니다."

그런 귀한 약초를 왜 노힐 가문에서 전문적으로 재배하고 있는 걸까?

'잠깐, 그러고 보니⋯⋯.'

지크의 기억을 뒤질 때, 지크가 개방 견학을 타일런트에게 허락받은 기억이 있었다.

본래 개방 견학은 가문이 자율적으로 할 수 있는 하나의 권리인데, 그것을 타일런트에게 왜 굳이 허락받을 필요가 있는 건가?

게다가 300년 만에 진행하는 개방 견학이라고 했다.

300년이면 내가 죽었던 그 시기와 정확히 일치한다.

그 뜻은, 이 시대에서 개방 견학은 대마법사의 허락이 필요한 일이 되었다는 것이다.

그리고 이어졌던 지크의 기억.

—아, 그리고 보름달께서 약초는 늘 고맙다고 수고가 많다고도 하셨습니다.

상대가 누군지는 모르지만, 타일런트의 최측근이다.

그리고 그가 말한 약초는 바로 이 약초인 게 분명했다.

밴시가 말하길, 야생에서만 자라는 귀한 약초라고 했으니까.

이 모든 것을 종합해 보면, 노힐 가문은 타일런트, 아니 어쩌면 드라코 가문 전체와 어떠한 관계가 있고, 충성을 다하는 중이라는 뜻이다.

즉, 여기에 있는 모든 약초는 전부 타일런트를 위한 것이다.

"밴시, 이 약초의 부작용으론 어떤 게 있지?"

"과다 복용을 하면 환각 증세를 넘어 정신 자체가 붕괴됩니다. 즉, 자아를 잃는 거죠."

"환각……이라……."

내가 별로 좋아하는 단어가 아니다.

타일런트가 날 죽이기 위해 차에 몰래 환각제를 탄 기억이 떠올랐다.

"그래, 용도는 모르겠지만 그냥 두기엔 위험한 약초다 이거네?"

"그렇게 해석할 수 있습니다."

"너 아까 그 물약 마시고 난 빈 병 있지?"

"네."

"그거 좀 줘 봐."

"뭘 하시려고……?"

"그냥 빨리 주기나 해."

격변의 방학

나는 밴시에게 받은 빈 유리병에 눈에 보이지 않는, 플레우드 원소 마법을 넣었다.

"가자, 이제."

그리고 정원을 빠져나오며 약초 더미에 그 유리병을 던져놨다.

"무슨 의도입니까?"

"그냥, 폭탄이라고 해 두자."

타일런트를 위한 약초밭.

부작용으론 환각과 자아 붕괴를 불러오는 약초.

상당히 귀한 약초라고 했으니 아주 어렵게 재배하는 방법을 터득했을 것이다.

내가 그걸 조금 망쳐 놓으면 영원히 복구가 불가능하진 않더라도, 당장 복구할 순 없겠지.

그렇게 개방 견학은 끝을 향해 다가갔다.

⁂

노힐 가문의 개방 견학이 끝나고, 포머는 밑의 세계의 허름한 선술집을 찾았다.

“교감 선생께서 다 오셨군.”

“반갑습니다, 어르신.”

백발의 짙은 콧수염과 곱슬머리를 가진 주인은 그를 반갑게 맞이했다.

포머는 의외로 선술집 주인에게 상당히 깍듯하고 정중한 인사를 건넸다.

“허허, 어르신이라뇨. 그저 늙은이일 뿐입니다. 그런데 오신다는 연락은 못 받았는데, 어쩐 일이십니까?”

“잠시 저 방을 사용할 수 있을까요? 밑의 세계에서 마음 놓을 장소가 여기밖에 떠오르지 않아 일단 여기로 왔습니다.”

“저 방이라면…….”

작년 여름, 에타르와 임펠의 접선 장소다.

“조각사의 일인가 봅니다.”

조각사란, 에드 에타르가 개인적으로 보유한 조직의 이름

이다.

구성원은 에드 에타르 본인, 교감 포머, 작년에 이 선술집에 왔던 임펠과 선술집 주인, 그리고 알려지지 않은 몇 명이 전부다.

"네, 그렇습니다."

"안으로 드시지요. 마실 거라도 드릴까요?"

"아니요. 어차피 금방 나갈 겁니다."

주인은 이제 그를 안내했다.

"감사합니다."

"늘 그렇듯, 안에 들어가면 잠그겠습니다. 용무가 끝나면 문을 두드리시죠."

"네, 그렇게 하겠습니다."

포머가 안으로 들어가고, 주인은 약속한 듯이 자물쇠를 걸어 잠갔다.

철컥!

자물쇠가 완전히 잠기는 소리를 들은 포머는 즉시 모브를 활성화하고, 에타르에게 연락을 취했다.

-그래, 교감.

"교장 선생님, 보고드립니다."

-개방 견학의 이유가 뭐였어?

"죄송합니다만, 그것에 대해서는 알아내지 못했습니다. 그러나 너무 이상한 상황을 마주쳐서요."

–이상한 상황?

이에 포머는 노힐 가문의 대식당에서 느꼈던 강한 마력과 지크 가주의 이상한 증세를 설명했다.

–너 지금 확실해? 기억을 못 한다고? 지크 가주가?

얼마나 당황했는지, 에타르는 평소 사용하던 말투를 전부 집어치우고 다급하게 물었다.

"예, 도대체 무슨 일인지 모르겠습니다. 아르텔 학생을 추궁해도 얻을 게 없다고 생각했거든요."

–잘했어. 만약 추궁했다간 너도 같은 꼴을 당했을 거야. 내가 예상하는 그게 맞는다면 말이지.

"교장 선생님은 뭔가를 알고 계신 겁니까?"

–어…… 알고 있지. 그런데 설마 정말 그게 맞을지 모르겠어……. 너무 오래전 일이니까…….

포머는 그가 알고 있는 게 무엇일지 궁금했지만, 때가 되면 다 알려 줄 것이라 생각하고 캐묻진 않았다.

–혹시 드라코 가문에서 노힐 가문의 개방 견학을 허락할 때 어떤 조건이라도 달았나?

"전 아는 게 없습니다."

–난감하군. 노힐 가문은 드라코 가문에게 약초를 제공하면서 제법 중요한 위치에 있을 게 분명한데, 아무런 조건 없이 개방 견학을 허락한 것도 조금 걸리고…….

"일단, 아르텔에게 무언가가 있는 건 확신하시는 거군요."

-있는 정도가 아닌 것 같아.

"전 어떻게 행동하면 됩니까?"

-일단은 아무것도 하지 마. 잠시 뒤로 물러날 때라고 생각한다.

에타르는 단호하게 답했다.

아르텔의 퇴학을 위한 계획을 결정했을 때와 똑같은 단호함이었다.

"알겠습니다."

-고민이군. 내가 예상하는 그게 맞다면 직접 아르텔을 보고 싶은데.

"하지만 이미 퇴학 계획을 진행 중이지 않습니까? 그 계획도 철회하시는 겁니까?"

-…….

에타르는 잠시 말을 멈추고, 고민을 깊게 했다.

-아니, 이미 시작한 일이야. 여기에서 갑자기 멈추면 오히려 드라코 가문에서 수상하게 생각하겠지.

"그건 저도 동감입니다."

-그리고 어차피 정말 내가 예상하는 그게 맞다면, 아르텔은 우리가 무슨 짓을 해도 퇴학당하지 않아.

"예……?"

에타르가 너무 확신에 찬 상태로 결정지으니, 포머는 그 이유가 못내 궁금해졌다.

—내가 한 말이 무슨 뜻인지 나중에 알게 될 거야. 일단은 나도 지켜봐야 할 것 같으니 퇴학 계획은 계속 진행하도록. 확신의 시간이 필요하니까.

"알겠습니다."

—그래, 밑의 세계에서도 행동 조심하고.

"네, 걱정 마십시오. 교장 선생님."

개방 견학이 끝나고 헤이를 먼저 보육원에 보낸 뒤 난 밴시를 따랐다.

그녀를 따른 이유는 바로 밑의 세계에 있는 비밀 장소의 정체를 알고 싶어서였다.

"여기입니다, 아르키스 님."

"……장소라고 해서 건물이라고 생각한 내가 바보지. 설마 대지 원소로 동굴을 작게 만들고, 그 입구를 플레우드 원소로 덮어서 투명화했을 줄이야."

"역시, 보자마자 바로 알아차리시는군요."

딱 보면 모르겠나, 유독 나무 두 그루의 형태가 자연의 형태와는 너무 거리가 먼데.

아니, 솔직히 숲을 걸었을 때부터 조금은 짐작했다.

밴시는 동굴을 가렸던 플레우드 원소를 거뒀다.

그러자 정말 작은 동굴 입구가 나타났다.

그렇게 동굴에 들어가자마자 보인 건 덩그러니 놓인 책장.

“방학 때마다 온다는 곳이 여기?”

“네.”

“너무 퀴퀴한 곳에서 지내는 거 아냐? 이건 뭐 피난민도 아니고.”

“피난민 맞죠, 제 상황이면.”

“……사람 무안하게 할래?”

“죄송합니다.”

그리고 난 책장에 꽂힌 책들을 바라봤다.

“이게 다 에밋 가문의 도서관에 있던 책이다, 이 말이지?”

제목이 길지 않고 주로 시리즈로 작성된 고대 서적들.

내게 상당히 익숙한 책들도 많았다.

내가 전생에서 보던 책도 섞여 있었고, 스승님께서 집필하신 책도 존재했기 때문이다.

“《입문 길라잡이》……. 역시, 이건 시대가 변해도 정석임은 변하지 않지.”

밴시도 이 책을 가지고 있는 걸 직접 보니, 괜히 내가 흐뭇했다.

나는 눈으로 다른 책을 쭉 훑다가 《소환서 I》라는 책에서 멈췄다.

“저자가…… 아스트랄?”

"아르키스 님은 아십니까? 600년 전에 활약했던 소환사라던데."

600년 전이라면 내가 태어나기 전이긴 하지만, 그래도 어떻게든 이름은 들어 볼 수도 있는 마법사였을 거다.

하지만 생전 처음 듣는 이름이었다.

"아니."

"아르키스 님도 모르는 이름이라…… 정말 정체가 궁금하네요, 저 아스트랄이라는 마법사. 아, 소환사라서 아르키스 님이 모르시는 걸까요?"

"그럴 수도 있지. 소환사 중에 이름을 날릴 정도로 유명했던 건 사일러드밖에 없으니까. 그런데 소환사 중에 이런 시리즈 책을 썼던 마법사도 없는 걸로 기억하는데."

난 그 책을 빠르게 넘기며 훑었다.

책에 저술된 마법은 꽤 상위 서클의 소환 마법이었다.

이 정도 서클이면 소환사의 한계라 불리는 6서클은 가뿐히 뛰어넘을 정도의 마법으로 보이는데, 이름이 남지 않은 것을 보면 오히려 그 시대의 소환사의 수준이 높았을 가능성도 있다.

그런데 소환서를 살피자 이상한 문장들이 많이 보였다.

소환 마법은 원소사와 달리 동화보단 교감이 필수. 교감이 먼저 되어야 그 뒤에 동화가 따라온다. 교감 없는 소환사는 있을 수 없다.

소환수, 신물은 하나의 생명체. 소환사는 그런 생명체를 다루는 상위 생명체. 따라서 교감을 하는 법을 먼저 익혀야 한다.

그런데 정작 중요한 그 '교감을 하는 법'에 대해선 나와 있지 않다.

확실히 600년 전에 작성된 책이라서 그런지, 최대한 간결하게 설명하고 용어마저도 어려웠다.

"이걸 키에나가 다 보고 이해했다고?"

"네. 그래서 제가 말씀드리지 않았습니까, '저게 바로 천재구나.' 하고 느꼈다고. 심지어 흥미까지 붙이던데요."

"……."

내가 봐도 지루한 문장들이며 설명도 난해하고, 가장 중요한 설명이 생략되어 있는데도 어떻게 키에나는 이틀 만에 이걸 이해하고, 신물까지 소환했을까?

단순히 이해의 천재라고 하기엔 석연찮은 부분들이 많았다.

"알 수가 없는 애라니까, 키에나도."

일단 그다지 중요하지 않은 사안에 대해서는 신경 끄기로 했다.

난 책을 덮어 책장에 꽂은 뒤 떠날 채비를 하며 밴시에게 말했다.

오늘은 보육원에서 지내야 할 날이기 때문이다.

"방학 잘 보내라, 밴시."

"아르키스 님도 잘 보내십시오."

"오냐, 심심하면 보육원에 놀러 오고. 이번 주까지는 있을 것 같으니까."

"아마 갈 시간은 없을 것 같습니다. 죄송합니다."

"별게 다 죄송하네. 쉬어라, 그럼."

"네."

동굴에서 나와, 도시로 향하는 도중, 나는 노힐 가문의 정원에 두고 온 유리병이 떠올랐다.

"지금 터트리면 되겠지? 그래야 내가 그런 줄은 상상도 못 할 거니까. 흐음, 어디 보자……. 노힐 가문이 불 원소 가문이니까 불을 질러 버리면 끌 방법이 없겠지?"

나는 손가락을 쫙 펴며 마법의 주문인 '펑!'을 외웠다.

지크는 보고를 위해 모브를 활성화했다.

그가 연락을 취한 사람은 대마법사 드라코 타일런트의 문지기.

본교 꼭대기 입구에서 드라코 타일런트를 보좌하는 사람

이다.

-지크 가주님, 개방 견학은 끝났습니까?

"네, 끝났습니다."

-어땠습니까? 아르텔 그 학생요. 보름달께서 예의 주시하는 학생입니다.

이제 난감한 소식을 전해야 하는 지크는 바짝 마른 입술을 깨물었다.

"후우…… 일단 차근차근 설명하겠습니다. 잘 들으십시오."

먼저, 개방 견학의 이유 중에 하나, 아르텔과 밴시라는 학생에게 자신의 아들을 공격한 책임을 물을 생각이 있었던 것도 설명했다.

-그게 뭐 어떻습니까? 학생을 죽이는 일도 아닌데. 질타받을 행동은 아닙니다.

"그렇게 말씀해 주시면 감사하지만……."

이어서 지크는 갑자기 기억의 한 부분이 통째로 사라졌다는 설명을 덧붙였다.

-예? 기억이 안 나요?

당연히 문지기도 이게 무슨 소리인가 싶은 목소리였다.

이는 곧바로 대마법사인 타일런트에게 전해졌다.

-대마법사다. 그게 무슨 소리야, 기억이 안 난다니?

이제 모브에서는 타일런트의 목소리가 들려왔다.

"보름달님…… 영광입니다. 이렇게 목소리로나마 뵙게 되어……!"

지크는 모브를 향해 무릎을 꿇으며 비굴해 보일 정도로 깍듯한 태도를 취했다.

-시끄럽고 그거나 얘기해 봐. 뭐? 기억이 안 나?

"네, 그게 말입니다……."

펴엉-!

그 순간, 노힐 가문에서 큰 폭음이 들려왔다.

-갑자기 이게 무슨 폭발음이지?

타일런트는 신경이 날카로운 목소리로 물었다.

"어…… 확인해 봐야겠습니다."

-……자네 가문도 그다지 믿을 만한 가문은 아니군. 이만 끊지.

그 말을 마지막으로, 타일런트는 먼저 모브를 끊어 버렸다.

폭음 하나에 저렇게 경계할 일인지 지크로서는 이해할 수 없었다.

하지만 모브는 이미 끊긴 상태이니, 지크는 부랴부랴 나가서 폭발음이 들린 곳을 찾았다.

가문의 일원들 전체가 폭발음을 듣고 지크와 똑같은 행동을 보이는 중이었다.

폭발음이 들린 곳은 가문 구석의 정원.

타일런트에게 전하는 약초를 재배하는 바로 그 정원이었다.

그 광경을 목격한 순간 지크는 두 눈이 휘둥그렇게 변하며 이성을 잃고 소리쳤다.

"당장 꺼!"

가문의 마법사, 집사, 하녀 할 것 없이 가주의 명령에 부라부랴 담요나 이불을 들고나와 불길을 잡으려고 안간힘을 썼다.

그러나 자연적인 불도 아닌 마법의 불이기에 담요와 이불이 닿는 순간 거기에도 불이 붙으며 오히려 화재를 더욱 키우는 셈이 되고 말았다.

"물! 물 가져와!"

물을 있는 대로 끌어다 와서 뿌려 댔지만, 불은 오히려 그 짧은 순간에도 물을 증발시키며 잡힐 기미를 보이지 않았다.

가문 특성상 물 원소사가 없어 마법으로 끌 수 없는 상황.

그렇게 지크는 소중한 약초가 타들어 가는 것을 그저 보고만 있어야 했다.

"아아……!"

결국 불길을 잡지 못했고, 정원이 까만 잿더미로 변한 뒤에야 스스로 사라졌다.

털썩.

"아…… 안 돼…… 어떻게 얻은 약초들인데……."

단순히 약초를 잃은 게 아니다.

노힐 가문은 이 약초 하나 덕에 드라코 가문의 신뢰를 받는 중인데 이번 화재로 인해서 그 신뢰가 무참히 깨져 버린 것이다.

절망감에 사로잡힌 지크는 허탈하게 주저앉은 채, 잿더미로 변한 약초를 감히 만지지도 못했다.

"아르텔, 정말 오랜만이구나."

"아…… 예."

보육원에 돌아오고, 나와 키에나 헤이는 원장실에서 원장과 면담을 진행했다.

"나 안 보고 싶었니, 아르텔?"

원장은 중년의 여성으로, 상당히 포근한 인상이었다.

인상만 보면 정말 보육원의 원장이라는 자리가 어울리는 사람이라고 느낄 정도다.

게다가 이 사람은 마법사도 아니니 인상에서 풍기는 성격을 그대로 믿기로 했다.

"네, 보고 싶었어요."

그런데 내 대답을 들은 원장은 고개를 갸웃거렸다.

"왜 그러시죠?"

"키에나가 아르텔 네가 많이 변했다고 말은 했지만…… 정말 많이 변했구나. 완전히 다른 사람이 된 것 같아."

'도대체 어느 부분에서?'

설마 보고 싶었다는 그 한마디 때문에?

아르텔 이 녀석은 도대체 보육원에서 어떻게 지냈던 건지, 가늠할 수가 없었다.

"제가 그렇게 철이 없었나……."

"호호, 그것도 돌아볼 줄 알고. 학교에 있는 동안 정말 어른이 된 것만 같구나."

원장은 정말 기쁘다는 표출인 눈웃음까지 지으며 답했다.

"아르텔은 몸이 자주 아파서 예민한 것뿐이라고, 선생님이 그러셨잖아요."

"맞아요! 학교에선 이제 아픈 날이 거의 없어요. 그래서 예민한 것도 사라졌나 봐요."

헤이와 키에나가 이어서 말했다.

'그랬구나……. 병약한 몸이라 오히려 약하게 보이지 않기 위해 사나운 언행을 보였던 거구나.'

둘 덕분에 보육원 시절의 아르텔이 어땠을지 짐작이 갔다.

"이번 방학은 계속 여기에서 지낼 거지?"

원장이 묻자, 키에나와 헤이는 동시에 '네!'라고 크게 답했지만, 난 사양이다.

"아니요. 이번 주까지만 있고 학교로 돌아가려고요."

"응? 우리 중간에 학교로 돌아갈 수 있어? 선생님 중 누군가가 포털을 열어 줘야 갈 수 있는 거 아냐?"

아차, 시대가 변했으니 학교도 자율적으로 돌아갈 수 없다는 걸 잠시 망각했다.

이렇게 되면 결국 하는 수 없이 방학 내내 보육원에 있어야 했다.

"그러네……."

'보육원에선 아르텔로 연기하기가 더 힘든데.'

설마, 살다 살다 학생을 퇴학 못 시켜서 안달인 그 학교가 그립긴 처음이었다.

아니다, 차라리 잘됐다.

지내다가 마음이 불편해지면 그때 밴시가 있는 동굴로 가면 되겠다.

"있는 동안 편하게 지내렴. 너희들 선물도 준비했고, 특히 헤이 너는 먹고 싶은 게 있으면 뭐든 말하렴."

"우와! 감사합니다!"

그렇게 원장과의 면담이 끝나고 우리 셋은 잠시 운동장으로 나왔다.

"아르텔, 헤이. 노힐 가문은 어땠어?"

키에나는 그게 가장 궁금했는지, 그거부터 물었다.

"엄청 크고! 맛있는 것도 엄청 많아!"

헤이는 여전히 먹는 것에만 초점을 뒀다.

그런데 헤이가 이번에 내게 물었다.

"아르텔은 밥 먹고 나서 밴시랑 어딜 간 거야? 갑자기 사라졌던데."

"아, 노힐 가문 가주님한테 혼났어."

"응? 혼나? 왜?"

"하페르트랑 한번 시비가 붙은 적 있는데 그거 때문에."

"뭐어? 겨우 그거 가지고 널 혼냈다고?"

"아무튼, 나랑 밴시가 혼나고 너희를 찾으러 갔는데 어디로 갔는지도 모르겠고. 너무 넓어서 길을 잃었지 뭐야."

이 정도만 설명해도 아르텔과 키에나는 더는 묻지 않을 거다.

실제로 질문은 그게 끝이었다.

'그나저나 보육원…… 내 전생의 보육원과는 차이가 있는 것 같으면서도 없는 것 같네.'

이 보육원에는 다른 어린아이들도 있었다.

나도 전생에선 보육원 출신으로 혼자 마법 학교에 입학하여 착실히 공부하고 서클을 차근차근 올라갔다.

그 과정에서 스승님의 눈에 들어서 제자가 되었고, 그렇게 마법사로서 본격적인 삶을 시작했다.

그리고 내 전생에선 보육원이 몇 군데 더 있었지만, 지금 시대에선 이곳이 유일했다.

그렇게 보육원에서의 방학은 시작되었고, 난 빨리 방학이 끝나기만을 기다렸다.

단순히 학교로 돌아가고 싶어서라기보다는 2학기에는 과연 교칙이 어떻게 바뀌었을지가 기대되었기 때문이다.

드디어 내일이면 여름방학이 끝난다.

전날 저녁, 정해진 시간에 학생들은 도시 밖 숲의 웨이포인트에 모였다.

서른한 명의 학생 중 네 명만 학생 무리에서 떨어져 있었는데, 바로 나와 키에나, 헤이, 밴시였다.

이젠 뭐 익숙하다.

아니, 오히려 여기에 저기 학생 무리 중 누군가가 끼면 그게 더 어색할 정도였다.

"밴시, 방학은 잘 보냈어?"

"응."

내 물음에 밴시는 밝은 표정으로 답했다.

그때 학생 무리에서 대화가 들렸다.

"그거 들었어? 방학 시작한 날, 노힐 가문에 불났대."

"엥? 불 원소 가문에서 불이 나? 누가 마법을 연습하다가 실수라도 한 건가?"

"그건 몰라. 근데 정원이 다 탔다고 하던데."

예상대로 노힐 가문의 일이 널리 퍼져 있었다.

어차피 방학에는 다 밑의 세계에 있었으니, 노힐 가문에서 불이 난 것 정도는 가문의 마법사가 아니라고 해도 금방 알 수 있다.

실제로 지금 저 말을 한 학생들은 전부 평민이었다.

그때 그 대화를 들은 하페르트가 으르렁거렸다.

"닥쳐라. 그 일, 입에도 담지 마라."

"미……안."

"내 가주님이 알았다면 넌 이 자리에서 잿더미로 변했어."

'꼴값 떨고 있네.'

뭐 정원의 화재는 내가 저지른 일이긴 하지만, 그렇다고 미안한 마음이 들진 않는다. 다 자업자득이지.

난 밴시와 슬쩍 시선을 교환했다.

밴시도 은근히 마음에 든 결과인 듯, 흐뭇한 표정으로 고개를 천천히 끄덕였다.

"포털이다!"

이제 약속 시간이 되자 학교로 향하는 포털이 열렸다.

"자, 2학기 시작이네. 2학기도 다들 잘해 보자고. 2클래스를 향해서!"

포털에 들어가기 전, 나는 키에나, 헤이, 밴시에게 말했다.

그러자 키에나가 활기차게 고개를 끄덕였다.

"아르텔도!"

기숙사로 돌아와 가장 먼저 한 일은 짐을 푸는 것이었다.

우리 세 명 다 캐리어도, 옷도 이번에 보육원장이 새로 사 줬기 때문이다.

나에게 추억은 없는 사람이지만, 그래도 역시 심성이 착한 사람이라는 건 깨달았다.

그렇게 한창 짐 정리를 하는 와중에 모브에서 새로운 알림이 날아들었다.

[학생 능력 평가 개편안]

2학기 때 공개된다는 그 개정된 대련 방식이 드디어 2학기가 시작되는 전날, 모브를 통해 전달되었다.

난 침대에 앉아서 개편안을 전부 읽었다.

2학기의 시작과 동시에 1클래스 서른한 명의 학생은 전부 똑같은 100포인트를 가지고 시작합니다. 이제 시설물 이용에 대한 포인트는 없습니다. 포인트를 1이라도 보유하고 있다면, 횟수 제한 없이 자유롭게 이용할 수 있습니다.

100포인트 균일 지급을 하면서 시설물 이용엔 포인트가

없다라…….

조금은 신선한 방법이다.

포인트를 가지고 있는 학생만 시설물을 이용할 수 있습니다. 그리고 개정된 대련 방식은 다음과 같습니다.

1. 이제부터 월간 대련 과목은 없습니다. 단, 학생들은 자유롭게 대련하고 싶은 상대에게 대련을 신청할 수 있습니다. 허가는 각 담당 교사에게 권한이 있으며, 의견이 서로 맞지 않은 경우에는 교수가 결정합니다.

이 말은 한쪽은 동의하는데, 한쪽은 동의하지 않을 경우 교수가 최종적으로 결정한다는 뜻이다.

2. 대련을 신청하는 것에 포인트를 소모하지 않습니다. 대련 후, 승자는 패자의 포인트 1을 빼앗아 옵니다.

이 말은 100 대 100으로 시작은 같으나, 결과에 따라 한쪽은 101, 나머지는 99가 되는 식으로 점차 차이가 벌어지는 방식이다.

3. 상위권 페널티는 여전히 존재합니다. 포인트가 150 이상일 때 패배 시 50%를 빼앗기고, 200포인트 이상일 때 패배 시 0이 됩니다.

4. 포인트가 0인 학생은 모든 시설물 이용에 제한됩니다. 유예 기간

은 3일. 3일 안에 포인트를 회복하지 못하면 퇴학 조치됩니다.

5. 동반 입학자에 관한 교칙입니다. 동반 입학자는 한 팀으로 활동하게 됩니다. 이제 이 팀은 팀원 중 한 명이라도 퇴학 조치되면 나머지 팀원도 퇴학 조치됩니다.

6. 대련 신청은 방학을 제외하고, 언제든 가능합니다. 신청 방법은 외출 신청처럼 모브를 통해 담당 교사에게 하면 됩니다. 하루 제한 횟수도 없습니다.

7. 같은 과목 학생끼리도 신청할 수 있습니다.

"……."

이건 예상에 없던 일이다.

동반 입학이라는 제도를 이런 식으로 이용할 줄은 생각해 본 적이 없었다.

"그래도 다행이라고 생각해야 하나. 여긴 1클래스야. 저번 대련 때 본 헤이와 키에나의 모습이라면, 위협적인 조항은 아니야."

하지만 여전히 걱정스러운 건 사실이다.

바로 하루 제한 횟수가 없다는 점.

재수가 없다면 하루에 스무 번도 넘는 대련을 할 수도 있다.

난 충분히 버틸 수 있는 일정이지만, 과연 키에나와 헤이가 그걸 버틸 수 있을까?

당장 내일부터 새학기가 시작되는데 어느 정도 대비는 해야 했다.

8. 1클래스의 졸업 대상은 12월 31일 17시 59분 59초까지의 포인트를 두고 결정합니다. 상위 6위까지의 학생만 졸업할 수 있으며, 상위 3위까지의 학생은 특별 전형으로 2클래스를 생략, 3클래스로 입학하게 됩니다. 반대로 하위 10위의 학생은 포인트 보유 여부와 관계없이 퇴학 처리됩니다.

그것이 개편된 대련 방식의 마지막 조항이었다.

"2클래스를 건너뛰고 3클래스로……?"

유독 내 시선을 이끄는 조항이다.

이번 개편안은 그래도 다 말이 안 되는 것만 있는 건 아니었다.

2클래스를 건너뛰고 3클래스로 갈 수 있는 이 조항.

성적만 유지하면 분명히 유용한 개편안이다.

키에나와 헤이를 잘만 이끌면 어려울 게 없다.

다음 권으로 이어집니다